어제는 봄

최은미

어제는 봄

최은미

소설

PIN

012

차례

PIN
012

어제는 봄

최은미

경찰관은 나에게 2층으로 오라고 했다. 집 앞 버스 정류장의 이름은 '경진경찰서 앞'이었다. 나는 컴컴한 저녁에 아파트 단지의 샛길을 빠져나왔다. 정류장을 지나 횡단보도를 건넜고, 경찰서 정문으로 들어갔다. 내 발로 걸어갔다.

민원실 불이 꺼져 있던 것이 기억난다. 음료수 자동판매기의 불빛이 로비 한쪽에서 빛나고 있었다. 2층 복도 중앙에는 대형 거울이 서 있었다. 사무실 문은 열려 있었다. 청록색 근무복을 입은 경찰관이 자리에서 막 일어서며 나를 보았다. 경찰관은 내가 그 사람인 줄 바로 알아보았다. 경찰관

은 목인사를 하며 조금 웃었고, 다시 4층으로 가
자고 했다.

　나는 출입문 쪽으로 물러섰다. 복도 끝이 어둑
했다. 퇴근 시간이 지난 무렵이었고 경찰관은 지
금 야근 중이었다. 4층으로 가기 위해 함께 복도
중앙의 거울 앞까지 걸어갔을 때였다. 경찰관이
'잠시만요' 하고는 다시 사무실로 뛰어 들어갔다.

　'경축'이라는 궁서체 글씨가 새겨진 거울 앞에
서서 나는 경찰관을 기다렸다. 그러다 본의 아니
게 거울을 보았고, 전신 거울 앞에 처음 서본 것
처럼 당황했다. 경찰관은 양손에 종이컵 하나씩
을 들고 나타났다. 왠지 긴박한 느낌이 들어 나는
그중 하나를 얼른 받아 들었다. 물이 뜨거웠다.
종이컵이 금세 흐물흐물해질 것 같았다. 티백은
어찌할 새도 없이 우러났다.

　"우리 동네 주민이라고 하셔서……."

　테이블에 마주 앉자 경찰관이 말했다. 민원인
을 대하는 것 같은 친절한 표정으로. 하지만 경찰
관도 알고 나도 알았다. 나는 해결할 일이 있어 그
곳에 간 게 아니다. 나는 죄는 있어도 민원은 없었

다. 나는 경찰서에 바라는 게 아무것도 없었다.

테이블 저쪽으로 강당 출입문이 보였다. 그 안에서 마이크 웅웅대는 소리가 들려왔다. 나는 동네 주민이었다. 경찰관은 그래서 나를 만나준 것이었다. 경찰관은 친절했지만 얼마나 시간을 내줄지 알 수 없었다. 강당엔 경진경찰서의 수사 부서 경찰들이 모두 모여 있었고, 교육이 끝나면 경찰관의 야근도 끝날 것이다. 나는 집중하기 위해 노력했다.

3월 중순이었다.

나는 여전히 그날 저녁의 공기를 결 하나까지도 떠올릴 수 있다.

봄이 오고 있는 저녁이 쓸쓸하긴 했지만 쌀쌀하진 않았다. 경찰관이 말을 시작한 직후부터 나는 내내 경찰관의 목소리를 녹음하고 싶다는 생각에 휩싸여 있었다. 하지만 그는 녹음을 거부했고 나는 노트를 펴고 그의 말을 받아 적었다. 적다가 고개를 들면 경찰관이 내 손등에서 막 시선을 돌리는 게 느껴졌다. 말을 하는 중에 경찰관은, 이거 혹시 저 사람 얘기 아닐까? 하는 표정을 나한테 순간순간 들렸다. 그때마다 나는 조금씩 웃었다. 내 얘기냐니, 얼마나 재미있는 생각인가. 하지만 경찰서에 앉아 다시 생각해보니, 나는 내가 지난 10년간 정말로 듣고 싶었던 말이 그 말이 아니었을까 하는 생각이 들었다.

강당 안에서 마이크 음이 크게 울릴 때마다 경찰관은 양해를 구하고 일어나 기기 조작실로 들어갔다. 다시 돌아와 내 앞에 앉을 때 나는 경찰관의 얼굴이 조금 상기돼 있다는 걸 알 수 있었다. 경찰관은 다음 내용을 궁금해했다. 나는 이 이야기가 경찰관을 움직였다고 생각했다. 교육 담당 행정경찰의 무료한 일상에 잠시간의 흥미를 줄 만큼, 내 이야기가 그만큼은 된다는 생각에 갑자기 의욕이 생겼다.

나는 그날 양주에 대해 얘기했다. 양주 북부의 한 읍에서 있었던 일에 대해서. 양주에서 살던 여자가 양주에서 저지른 일에 대해서. 사복 경찰 수십 명이 모여 있는 강당 바로 밖에서, 나는 말했다. 내 입으로 말했다.

테이블 위에 올려놓았던 휴대폰에서 진동음이

울렸다. 교육이 끝날 시간이 되었는지 경찰관이 자리에서 일어섰다. 곧이어 강당 문이 열렸고 사복 경찰들이 우르르 쏟아져 나왔다. 수사관들은 대부분 아래층으로 내려갔고 일부는 자동판매기 앞으로 걸어왔다. 똥색 점퍼를 입은 형사가 투입구에 동전을 넣으면서 나를 빤히 쳐다봤다. 나는 고개를 빳빳이 들고 움직이지 않았다. 기기 조작실에서 나온 경찰관이 다시 내 앞에 앉았다. 형사는 종이컵을 빼들면서 마주 앉은 경찰관과 나를 번갈아 쳐다봤다. 훑어봤던 것도 같다.

저녁 아홉 시가 넘은 시간이었고 경찰관은 강당 정리를 해야 했다. 얘기가 이제 막 시작인 걸 경찰관도 알고 있었다. 문의 사항이 있으면 편하게 연락하라며 경찰관은 연락처를 가르쳐주었다. 어쩌면 내가 물어봤는지도 모른다. 그렇게 해서 나는 우리 동네 어떤 경찰관의 휴대폰 번호와 이메일 주소를 알게 되었다. 그의 이름은 이선우였다.

*

  그런 때였다. 오후 두세 시쯤 동네를 걷다 보면 겨울 점퍼를 입은 사람과 반팔을 입은 사람을 함께 보게 되는 때. 경기 북부엔 노란 꽃가루가 떠다니는데 강원 영동엔 함박눈이 내리기도 하는 때. 딸기는 싱거워지고 토마토는 짭짤해지고 동네 어귀엔 참외 차가 나타난다. 사람들은 발목을 드러내고 다니기는 하지만 아직 목을 훤히 드러내진 않는다.

  아침에 눈을 떴는데 간밤 꿈이 생각나면 머리맡을 더듬어 휴대폰을 찾아 든다. 그리고 포털에서 꿈 해몽을 검색한다. 나는 다른 사람들이 한 번도 꾸지 않은 꿈을 꾼 적이 한 번도 없다.

  내 집으로 물이 막 넘쳐 들어온다. 알록달록한 실뱀들이 이불 속에서 기어 나온다. 나는 벽이 하얀 건물 안에 쪼그리고 앉아서 분홍색 똥을 싼다. 별로 친하지 않은 사람들과 폭이 좁은 산길을 일렬로 서서 걸어가기도 한다. 어떤 남자가 나타나 내 엉덩이가 너무 부드럽다고, 그래서 내가 좋다고, 같이 살자고 한다. 그런 날은 하루 종일 그 남자를 생각한다. 이빨이 빠지는 꿈을 꾸는 날은 기분이 좋지 않다. 꽃나무 꿈을 꾸고 난 날은, 모든 일이 뜻대로 이루어진다는 말에 대해서 생각한다. 재물이 들어와 쌓이게 된다는 말에 대해서도 생각한다.

24번 마을버스는 지하철역에서 10분에 한 대씩 출발했다. 버스는 마트 앞과 경찰서 앞을 지났고, 경찰서 바로 위의 근린공원 사거리에서 우회전을 해 아파트 단지 안으로 들어갔다. 경기도 경진시 은정동 해릉마을 10단지는 대로를 사이에 두고 경진경찰서와 마주 보고 있었다. 근린공원에서 내려다보면 오른쪽으로 경찰서가, 왼쪽으로 10단지가 있는 셈이었다.

20여 년 전 수도권 북부의 허허벌판 위에 세워진 신도시의 언저리에 있는 곳이었다. 시내와 아파트 단지들을 벗어나면 금세 산과 밭과 논을 볼 수 있었다. 마을을 내려다보고 있는 근린공원도 야산과 이어져 있었다. 야산 뒤쪽으로는 300여 년 전 어떤 왕의 동생과 계비와 다음 왕이 되지 못한 아들이 묻혀 있었다.

몸이 덜 피곤한 날이면 나는 마을버스를 타지 않고 걸어서 집으로 돌아갔다. 빨간 카트가 나와 있는 마트 앞을 지나고 이런저런 상가 건물을 지나 경찰서 방향으로 걸었다. 경찰서 옆에는 개관한 지 얼마 안 되는 어린이 박물관이 있었고 인도와 접해 있는 박물관 앞뜰엔 바람개비가 빽빽이 세워져 있었다.

간혹 바람개비가 움직이지 않는 날이 있었다. 그런 날이 정말로 있었다. 그러면 집으로 바로 가기가 힘들었다. 나는 종종 근린공원으로 올라갔다. 공원 뒤로 이어진 야산을 타고 능까지 넘어갔다. 등산이라고 하기엔 약하고 산책이라고 하기엔 험한 길이었다. 능 한쪽으로는 꽤 넓은 소나무 숲이 우거져 있었는데 그 숲을 뚫고 산 몇 개를 넘으면 내가 탈출해 온 마을이 있었다. 경진시의 북동쪽과 닿아 있는 곳, 양주였다.

때때로 양주에 간다. 서울외곽순환고속도로를 타면 한 시간도 안 걸리는 양주 어느 마을에는 가족 단톡방의 대장인 내 엄마가 살고 있다. 그리고 나는 겁도 없이 양주를 배경으로 한 소설을 쓰고 있다.

나는 경찰관의 말을 파일에 정리하고 추가 질문들을 추렸다. 그리고 하루에 하나씩 질문을 보냈다. 문자 메시지로 보내면 카카오톡 메시지로 답이 왔다. 꽤 긴 답변이었는데 아마도 컴퓨터로 작성하기 위해서 카카오톡 메시지로 답변을 보내는 듯했다.

'이게 글로 쓰려니 어렵군요' 하면서도 그는 빠른 시간 안에 일목요연한 답을 보내왔다. 성명불상과 기소중지에 대해서. 긴급체포와 임의동행에 대해서. 사기죄의 구성 요건에 대해서. 실종과 LTE에 대해서. 병사와 변사에 대해서. 여죄에 대해서.

이선우 경사와의 일대일 대화창은 그렇게 열리게 되었다.

나는 그가 보내는 답변들이 모조리 흥미로웠다. 나는 양주 이야기를 10년째 쓰고 있었다. 한 이야기를 10년 동안 붙들고 있다는 건 생각보다 훨씬 지겹고 힘든 일이었다. 스스로의 능력이 의

심스러워지는 일이기도 했다. 하지만 이선우 경사의 답변 속에서 어떤 단어들을 볼 때, 나는 그 단어 하나만 갖고도 양주 이야기를 바로 끝장낼 수 있을 것 같았다. 다른 소설도 얼마든지 시작할 수 있을 것 같은 생각이 들었다.

이선우 경사는 마무리 인사로 이런 말을 했다. '좋은 하루 보내세요, 작가님.' 어떤 날은 이렇게 보냈다. '그럼 오늘도 좋은 글 쓰세요, 작가님.'

나는 이선우 경사가 나를 '작가님'이라고 부를 때마다 매번 놀랐다. 그것은 내가 등단 10년 만에 처음 들어보는 호칭이었다. 동네 사람 누구도 내가 글을 쓰는 줄 몰랐고 집안 식구 누구도 나를 글 쓰는 사람으로 여기지 않았다. 나도 나를 작가라고 생각하지 않았다. 나는 내 이름으로 된 책 한 권 없었고 이름 옆에 '소설'이라는 연관 검색어를 붙여도 포털 사이트에서 검색조차 되지 않았다. 아무런 작가 단체에도 가입돼 있지 않았고 단편소설을 매해 이런저런 문예지에 투고해도 한 번도 회신을 받아본 적이 없었다.

나는 10년째 병에 걸려 있었다. 청탁을 받지 못

하는 등단 작가라는 저주에, 아무도 나를 알아주지 않는다는 울분에, 장편소설만 당선되면 이 모든 게 한 방에 해결될 수 있으리라는 희망 고문에, 그리고 양주에.

저녁 여덟 시 이후가 되면 근린공원 너머의 야산 능선은 어둠에 가려졌다. 가끔 그 시간에 밖으로 나갔다. 족구장과 놀이터가 있는 아파트 후문의 공원을 한 바퀴 돌면서 심호흡을 했고 층층이 솟은 아파트의 불빛들을 쳐다봤다.

몇 주 전부터 비슷한 시간대에 공원에 나오는 남자가 있었다. 그는 항상 유치원생으로 보이는 딸아이를 데리고 나왔다. 아이를 그네에 태운 뒤 남자는 한참 떨어진 벤치에 가서 전화 통화를 했다. 어떤 날은 세상이 끝난 것 같은 표정이었고 어떤 날은 주둥이에 꿀을 바른 것 같은 표정이었다. 내연녀가 확실했다. 남자는 요즘 내부 세차에 신경을 쓰고 블랙박스 영상과 카카오톡 메시지를 정기적으로 지울 것이다. 직장 동료일까? 초등학교 동창일까? 동호회 회원일까? 그중 가장 떼어내기 힘든 건 '직장년'이라고 했다. 몸정만 든 게 아니기 때문이었다. 육아 카페에 가면 차고 넘치는 애기들이었다. 그곳은 남편한테 어떤 쌍욕을 해도 허용이 되는 곳이었다. '상간녀'를 씹어 먹을 수 있는 수십 가지 방법이 공유돼 있었다. 몸이 피곤하고 스트레스가 극에 달한 날이면 나는 그곳에 들어가 댓글을 달았다. 그런 새끼랑은 당장 이혼을 하라고 부추겼고 연놈을 한날한시에 직장에서 매장시켜야 한다며 욕을 했다.

그네를 타는 아이와 통화하는 남자를 뒤로하고 나는 근린공원 사거리 쪽으로 걸어갔다. 퇴근 차량들이 길게 꼬리를 물었고 경찰서 건물은 불이 환했다. 개들과 저녁 산책을 마친 사람들이 근린공원에서 내려와 길을 건너는 게 보였다. 24번 마을버스가 아파트 후문 쪽으로 방향을 틀었다.

내일은 경찰관한테 무슨 질문을 보낼까. 사거리에 서서 나는 그런 생각을 했다. '좋은 글 쓰세요, 작가님.' 그 말을 입으로 굴려보면서 휴대폰을 만졌다.

*

"소은이 어머니께서……."

교실에 앉아 있는 여자들이 다 내 대답을 기다리고 있다. 나는 나한테로 시선이 주목되는 걸 오래 견디지 못하고 몇 초 내에 대답을 하게 될 것이다. 3학년 교실은 3층이고 창가 자리 중간쯤에 있는 아이 자리에서는 목련나무가 바로 내려다보인다. 가지마다 몽우리가 하얗게 올라오고 있다. 아직 3월이지만 곧 4월이 올 거라는 걸 눈에 띄는 모든 것들이 말하고 있다.

사랑이란. 시선을 돌릴 때마다 칠판 한쪽에 적혀 있는 말이 눈에 들어온다. '사랑이란. 엄마와 아빠 사이에서 내가 태어난 것. 엄마와 아빠가 나를 키워주시는 것.'

강당에서의 공식 식순이 끝나고 아이들의 교실을 찾아 흩어진 참이었다. 학부모 총회가 있는 날은 아파트 정문부터 초등학교 정문까지가 오후 내내 북적였다. 학원 건물과 어린이 도서관 앞은 하교를 하는 아이들과 학교를 가는 엄마들로

뒤엉켰고 교문 앞길에선 신학기 프로그램을 내건
사교육 업체들이 부스를 설치하고 학부모들을 잡
았다. 학교 옆 교회 카페는 반 모임을 하는 엄마
들로 빈 테이블이 없었고 스쿨존은 불법 주차를
시도하는 차들로 어지러웠다.

학부모들은 총회 연수 자료를 받아 들고 강당
에 모여서 국기에 대한 맹세를 했다. 학교장 인사
를 시작으로 학부모 임원 선출 경과보고가 이어
졌고 언제나처럼 학교폭력 예방교육과 아동학대
예방교육, 학생 평가계획과 선행학습 금지법 안
내가 계속됐다.

나는 강당 뒷줄에 앉아서 그것 말고는 딱히 할
일이 없는 사람처럼 총회 자료를 이리저리 넘겨
봤다. 그러다 어느 항목인가에 쓰여 있는 '부모가
하지 말아야 할 행동'을 들여다봤다. 위 항목 두
개에 이런 말이 쓰여 있었다. '자책하기' '분노하
기'.

나는 강당을 촘촘하게 채운 여자들의 머리통을
쳐다보고, 고개를 돌려 강당 입구를 봤다.

자책하기와 분노하기는 내 특기였다. 지난 10년

의 시간을 반으로 가르면 한쪽에 자책이 있고 다른 한쪽에 분노가 있었다. 내 뇌를 반으로 갈라도 마찬가지라고 할 수 있었다.

아이들의 책상 위에는 '부모님께'로 시작하는 편지가 열 살 아이들의 필체 그대로 놓여 있었다. 여자들은 교실 뒤 게시판에서 아이의 그림을 찾아보고 아이의 자리에 앉아 책상 서랍에 손을 한 번 넣어보고 담임의 인상을 살폈다. 학부모 봉사단체 조직을 채우기 위해 담임이 '소은이 어머니'를 호명하기 전까진 나쁘지 않았다.

"그동안 동화 엄마 계속해오셨는데 올해는 신청을 안 하셨네요, 소은이 어머니."

아이가 초등학교에 입학한 해부터 지난 2년간 나는 동화 엄마라 불리는 독서지원단 활동을 해왔다. 1교시 시작 전에 아이 학년의 다른 반에 들어가 10분 정도 동화를 읽어주는 일이었다. 초반엔 괜찮았다. 하지만 2학년 끝 무렵이 되자 그 시간에 대놓고 만화를 꺼내 읽는 아이들이 보이기 시작했다. 3, 4학년들은 더하다는 얘기가 들렸다. 봉사 활동이므로 아이들한테 싫은 소리를 하지 말고 넘기라는 회장 엄마의 지침이 왔다. 마지막 활동일이던 날, 역시나 몇몇 애들이 만화책을 꺼내 읽었고 나는 표정 관리가 잘 안 됐다. 감정을 누르고 마무리 인사를 하고 나가는데 등 뒤로 남자애들 둘이 하는 얘기가 들려왔다.

"야, 누구 엄마야?" "윤소는 엄마잖아."

나는 참았다. 뒤에서 수군대는 걸 나는 원래 잘 못 참지만, 참았다. 참는 것은 나의 특기다. 나는 허구한 날 참는다. 하지만 나는 나를 참게 만드는 아이들을 위해 봉사까지 할 마음이 없다. 나는 나의 책임과 의무를 이행하는 것만으로도 이미 너덜너덜하다.

할당 인원을 채워 제출해야 하는 담임의 눈길을 피하며 나는 적당히 둘러댔다. 아침은 시간이 어렵게 되었다고, 죄송하다고.

"그럼 오후 시간은 어떠신가요, 어머니? 우리 반이 폴리스맘도 미달인데."

나이가 지긋한 담임은 이런 경우를 많이 겪어 본 듯 나를 노련하게 엮어 넣고 있었다. 나는 창밖의 목련을 한 번 보고, 담임이 선 자리에선 이

자리의 아이와 이 자리의 엄마가 겹쳐 보일 것이라는 걸 떠올린 뒤, 두 번은 거절하기 힘들다는 걸 받아들였다.

"그럼 우리 반 폴리스맘은 정훈이 어머니, 소은이 어머니. 두 분 다 가시기 전에 이거 작성해주시고요."

하교 시간 무렵 학교 주변과 공원을 도는 일이었다. 돌면서 아동 대상 범죄가 발생하지는 않는지 살피는 게 폴리스맘이 하는 일이었다. 나는 담임이 건넨 서류를 보았다. 이름과 생년월일과 주소와 연락처를 적고 '개인정보 수집 및 활용 동의서'에 동의 서명을 하게 되어 있었다. 하단에는 굵은 고딕체로 '경진경찰서장 귀하'라고 쓰여 있었다. 폴리스맘은 경찰서장이 승인을 해줘야 활동이 가능하다는 걸 나는 그제야 알았다.

"저, 선생님……."

나는 화장실에 가고 싶은 아이처럼 손을 들었다.

"전과가 있는 사람은 폴리스맘 못 하나요?"

교실에 있던 엄마들이 일순 동작을 멈추고 나

한테로 고개를 돌렸다. 담임은 조금 당황한 표정
이 되더니 알아보겠다며 일단 서류를 제출해달라
고 했다.

나는 지원서 항목을 빠짐없이 적어 내고는 교
실을 나왔다. 뒤이어 나오던 아이 친구 엄마가 어
깨를 치며 말했다.

"소은 엄마 귀엽게 왜 그래. 자기 전과 있어?"

나는 가벼운 농담을 들은 듯 살짝 웃었다. 아이
친구 엄마는 조만간 차 한잔하자는 말을 남기고
다른 엄마들한테로 걸어갔다. 나는 계단을 천천
히 걸어 내려가면서 미세먼지가 가리고 있는 하
늘을 올려다봤다.

전과라니, 그럴 리가.

나는 죄는 있어도 전과는 없었다.

*

때가 안 타고 각이 잘 잡힌 새 책가방을 어깨에
걸치고 여자들이 삼삼오오 걸어간다. 학부모 총
회가 지나가고 학부모 상담 주간이 온다. 희미한

점이던 산수유 꽃이 샛노래지고 나는 새로운 단톡방으로 초대된다. 아이 어학원 설명회 안내장이 오고 초등학교 공개수업일이 잡힌다. 아이 책가방을 메고 어색하게 인사를 주고받던 신입생 엄마들은 벚꽃이 필 때쯤엔 제법 친해진다. 따로 채팅방을 만든다. 하교 시간마다 놀이터로 모인다. 반 엄마들이 모인 단톡방에선 조를 짠다. 주말마다 아이 교실 청소를 하러 학교에 간다. 선풍기를 분리해 날개를 닦고 선생님 휴지통을 비운다.

봄과 함께 일어나는 일들이다.

같은 동 3층에 사는 할머니는 아파트 화단에 자꾸 조화를 심는다. 아파트 상가의 치과 의사는 피아노 학원이 문을 열 때쯤 혼자 점심을 먹으러 나간다. 24번 마을버스 기사는 사람들이 인사를 안 하고 내린다고 화를 낸다. 앞 동에는 공부방이 있고, 나는 일주일에 두 번 거기서 중학생 아이들의 논술을 봐준다. 나머지 시간엔 노트북을 메고 소설을 쓰러 간다. 아무도 읽지 않는 소설을 쓰러 간다. 봄에는 '나머지 시간'을 확보하는 게 특별히 어렵기 때문에 틈만 나면 무서운 집중력으로 쓴다. 아무도 읽지 않지만 언젠간 읽힐 수도 있다는 희망을 버리지 못하고 쓴다. 고문당하며 쓴다.

경찰관에게 매일 하나씩 보내던 질문을 며칠 동안 보내지 못한 건 봄이어서였을 것이다. 카페에 가서 노트북을 열고 메시지를 보내자 번개와 같은 속도로 답이 왔다.

나는 메신저 창의 노란색 박스 안에 적힌 이선우 경사의 답을 한참 들여다봤다. 잘 지내셨냐는 인사말. 일목요연한 답변. 점심 맛있게 드시라는 마무리. 작가님이라는 호칭. 이전과 비슷했지만, 이전과 뭔가 조금 달랐다.

나는 카페 창문의 블라인드 창살을 수평이 되게 조정했다. 대로에서 한 블록 들어간 곳의 이면 도로 사거리가 내려다보이는 곳이었다. 맞은편의 대형마트 건물을 중심으로 여러 상가 건물이 포진돼 있었다. 대로에서 들어온 차들이 속도를 늦추는 곳이었고 아파트 단지에서 건너온 사람들이 지하철역으로 가기 위해 길을 건너는 곳이었다. 사거리를 내려다보다가 나는 카페 창밖의 회화나무 가로수로 시선을 옮겼다. 그러다 이선우 경사의 메시지를 다시 들여다봤고, 다시 고개를 들어 나무를 봤다. 아직은 거의 맨 가지를 드러내고 있었지만 나뭇가지마다 푸릇한 싹들이 올라오고 있었다. 나는 경찰관이 며칠간 내 질문을 기다렸을지도 모른다는 생각이 들었다.

경찰서 이름과 경찰관의 이름을 나란히 놓고 검색에 들어갔다. '경진署 인사'라는 기사의 날짜는 10년 전이었다. 그때 이선우의 계급은 순경이었고 발령지는 경진파출소였다. 또 하나의 기사는 작년 날짜였다. 경기북부경찰청에서 그해의 우수 수사팀을 선정한 기사였다. 의정부서, 양주서, 파주서, 일산동부서, 경진서가 수상팀에 올라 있었고 이선우는 현재와 같은 경사 계급에 경진서 경제팀 소속이었다.

나는 청록색 근무복을 입고 수사 부서 경찰들의 교육 마이크를 점검하던 이선우의 표정을 떠올렸다. 수사 과정에 대한 질문을 할 때마다 준비된 사람처럼 상세한 답변이 오던 것도 떠올렸다. 이선우는 작년까지 수사 부서에 소속돼 있었다.

그것도 실적이 우수한 팀에. 그리고 팀이 상을 받은 바로 그다음 해에 행정 부서로 발령이 난 것이었다. 사복 부서에 있던 그에게는 족쇄나 다름없을 근무복을 입고, 하루 종일 책상에 앉아 문서 기안을 반복하던 그의 일상에, 나는 갑자기 나타나 그가 그동안 쌓아온 수사 노하우에 대해 물은 것이었다. 그렇게 짐작할 수밖에 없었다.

봄이 온 저녁은 경찰서를 찾아갔던 그날 저녁처럼, 쌀쌀하진 않았지만 쓸쓸했다. 나는 18층 베란다 창가로 가서 섰다. 해릉마을 10단지의 후문 쪽 동 고층에선 대로 건너편의 경진경찰서와 그 인근이 내려다보였다. 아이가 어렸을 적, 떼가 심하거나 울음을 그치지 않으면 남편은 아이를 안고 베란다로 나가서는 경찰서 건물을 가리키며 말했다. 소은이 너 자꾸 울면 저기 있는 경찰 아저씨들이 와서 잡아간다.

경찰서 정문 쪽 담으로 개나리가 노랗게 피어나 있는 게 보였다. 경찰서 뒤의 시립 어린이집 쪽으로 이어지는 담에는 메타세쿼이아가 길게 늘어서 있었다. 늦은 오후 무렵이 되면 메타세쿼이

아를 따라 노란색 어학원 버스들이 줄지어 서 있
곤-했다. 아이는 그중 한 버스를 타고 곧 도착할
것이고 이선우 경사는 버스가 서 있던 길을 지나
곧 퇴근을 할 것이다.

나는 시간을 확인하고 베란다 창문을 닫았다.

*

나는 실현될 가능성이 희박한 결심을 자주 한
다.

아이가 오기 전까지 눈앞에 펼쳐진 집안일들을
다 해치우고 저녁 식사 준비까지 마칠 거라는 결
심을 굉장히 쉽게 한다. 일을 마치고 집으로 돌아
오면 집 안은 아침에 아이와 부랴부랴 나갔던 흔
적 그대로인데도 그런 결심을 한다. 발에 밟히는
것들을 일단 올려놓고 세탁기에 빨래를 넣고 환
기를 시키고 입에 뭔가를 급히 집어넣으면서 생
각한다. 내일은 공부방 수업이 없는 요일이니까,
글만 쓸 수 있는 날이니까, 좀 더 일찍 집에 올 수
있을 거라고. 아이가 돌아오면 눈을 오래 맞추면

서 오늘 하루가 어땠는지 함께 얘기할 수 있을 거라고. 내 일은 내가 하기 나름이니까. 정해진 출퇴근 시간이 있는 게 아니니까.

아이는 학교를 마치고, 그토록 지겨워하는 영어 학원 수업까지 마치고, 집으로 돌아와 나를 본다. 지칠 대로 지친 채 싱크대 턱에 계란을 깨고 있는 나를. 저녁 시간이 지났지만 아직 아침 설거지를 하고 있는 나를.

저녁 식탁에 마주 앉으면 나는 그제야 아이 얼굴을 제대로 보고, 이때를 놓칠세라 얘기한다. 세상이 얼마나 험악한지, 때문에 매일 무엇을 조심하고 무엇을 경계해야 하는지를. 그런 얘기를 하다 보면 세탁기 알림음이 울리고, 빨래를 널고, 다시 식탁으로 돌아와 설거지 그릇을 주워 모을 즈음엔 눈꺼풀을 들어 올릴 힘밖엔 남지 않는다.

나는 이게 참 구질구질한 얘기라는 걸 안다. 뻔한 얘기라는 것도 안다. 수없이 반복되는 구질구질하고 뻔한 저녁들에 아이가 나를 부른다. 개수대에 고개를 처박고 국 냄비를 닦고 있을 때 아이가 거실에 앉아 무슨 말인가를 하면 나는 화가 난다. 그 화에 대한 죄책감 때문에 다음 날 실현 가능성이 희박한 결심을 또 할 걸 알면서도 화가 난다.

하던 일을 멈추고 거실로 가서 자기 얘기를 들으란 얘긴가 지금? 물소리 때문에 아무것도 안 들려. 할 얘기가 있으면 옆으로 와서 말하라고 한다. 가능하면 내가 집안일을 하지 않을 때 얘기를 하라고 말한다. 하지만 아이는 안다. 자신이 잠들기 전까지 엄마가 집 안에 가만히 앉아 자기 말을 들어줄 짬이 없다는 걸.

아이가 싱크대 앞으로 조르르 달려와 방금 그린 그림을 내밀면 나는 정말 잘 그렸다고 칭찬해주는데 거의 건성으로 하는 말이다. 다시 그림을 그리러 가는 아이의 뒷모습을 보다 보면 아직 아이의 학교 알림장을 못 봤다는 게 떠오르고, 결국 숙제 얘기가 아이 등 뒤로 날아간다. 영어 학원에서는 저녁 설거지를 마칠 무렵에 정기적으로 상담 전화를 걸어와 아이가 요새 어떤 부분이 부족하고 엄마가 어떤 부분을 챙겨줘야 하는지를 계속 나열한다. 그들은 하나같이 크고 밝은 목소리

로 인사한다. '안녕하세요~ 어머니~'라고. 가위
에 눌릴 때 가끔 그 목소리를 듣는다.

하지만 나는 안다. 나를 가위눌리게 하는 진짜
가 따로 있다는 걸. 나는 일하는 다른 엄마들처럼
경제활동을 하면서 이러고 사는 게 아니다. 다른
작가들처럼 원고료를 받고 책을 내고 사는 것도
아니다. 나는 아무것도 아니다.

싸울 때마다 남편에게 이기적이라는 말을 듣고
그런 말을 들은 날엔 결국 그게 가장 정확한 말일
지도 모른다는 결론에 도달한다. 나는 승산이 있
을지 없을지도 모르는 헛된 꿈에 매달려 집 변기
를 일주일에 한 번만 닦고 아이 공부를 못 챙기고
허리가 나가는 그런 여자다. 돈을 1원도 못 버는
일을 하느라 매일 파김치가 되는 상황을 나는 누
구에게도 설명할 자신이 없다. 내가 소설이라는
걸 쓰고 있다는 사실을 사람들은 모르고 그래서
내가 왜 이렇게 지치는지 아무도 알지 못한다. 나
는 자신이 없다. 누군가에게 이해받을 자신이 없
다.

경찰서까지 찾아갔던 건 올해까지만 하고 끝

낼 생각 때문이었는지도 몰랐다. 출판사들의 장편 공모 마감일에 따라 1년 일정을 돌렸던 이 지긋지긋한 생활을 이제 정말 끝장낼 거라고, 올 여름 응모가 마지막이라고, 씻고 나온 아이의 머리를 말리면서 나는 생각했다.

아이가 누운 방의 불을 꺼주고 아이가 읽다 만 책들과 벗어놓은 옷들과 젖은 수건을 치우고 나니 열한 시가 가까운 시간이었다.

나는 소파에 쓰러지듯 기대 거실 천장을 바라봤다. 아이가 잠들자 집 안은 갑자기 정적에 휩싸였고, 녹초가 된 몸이 나른하게 꺼져 들어갔다. 내 숨소리가 들렸다. 살아서 숨을 쉬는 소리. 완전한 이완을 갈구하는 것 같은 감각들이 허벅지를 타고 허리와 가슴을 거쳐 쇄골 사이로 지나갔다. 나는 빨래 건조대를 보았다. 건조대에 걸려 있는 남편의 러닝셔츠와 사각팬티를 보자 설명하기 힘든 감정이 올라왔다.

윤소은의 친부 윤지욱. 그는 주위에서 좋은 남편이자 좋은 아빠라는 평을 종종 듣는 사람이었다. 그는 돈이 많이 드는 취미 생활에도 관심이 없었고 못 봐줄 만한 술버릇도 없었다. 같이 사는 가족들을 불편하게 하는 까칠함도 없었고 전전 긍긍함이나 의심도 없었다. 철두철미함도 없었고 결벽증도 없었다. 그에겐 없는 게 꽤 있었다. 그 중에 제일 없는 것은 성욕이었다.

*

아파트 단지 사잇길 저쪽에서 한 남자가 걸어 온다. 늙은 것도 같고 아직 그렇게 많이 늙진 않 은 것도 같다. 그는 나보다 걸음이 느리다. 등에 는 노트북을 짊어지고 손에는 애호박과 두부와 바나나 따위가 잔뜩 담긴 쓰레기 종량제 봉투를 든 채 서둘러 걸어가고 있는 내 기동성의 반의반 에도 못 미친다. 사실 그는 인근 100미터 안에서 살아 움직이는 것들 중에 가장 느리다. 갑자기 내 달리는 서너 살 꼬마 애들이나 큰 목소리로 웃으 며 지나가는 젊은 엄마들, 노란 개나리 아래를 뛰 어가는 개들이나 벚꽃잎 사이를 날아다니는 벌들 도 저 남자보다는 빠르다. 남자는 지팡이를 짚고,

마음대로 움직여지지 않는 거구의 몸을 끌면서, 이 봄날 이 길에서 오직 자신만이 마음껏 움직일 수 없다는 걸 충분히 인지하고 있는 표정으로 걷고 있다. 남자는 어느 때인가 뇌졸중이나 뇌경색 같은 증상으로 쓰러졌을 것이고 지난 몇 년간 혼자서는 아무것도 못 했을 것이다.

나는 일주일에 두어 번은 마주치게 되는 그 남자를 지나쳐 아파트 단지 안으로 접어든다. 동 사이의 작은 산책로에 한 여자가 서 있다. 늙은 것도 같고 아직 그렇게 많이 늙진 않은 것도 같다. 여자는 포대기로 아이를 업고 서서 서성이듯 몸을 움직인다. 허공을 보고 있다. 혼이 나가 보이기 때문에 나는 여자가 고용된 베이비시터가 아니라 아이의 할머니일 거라고 생각한다. 젊은 할머니. 내 친정 엄마처럼 젊은 할머니로 보인다. 나는 저 여자가 업고 있는 아이의 엄마일 다른 여자에게 잠시 부러움을 느낀다. 손주를 봐줄 수 있다는 건 생계를 위해 직접 뛰지 않아도 된다는 얘기고 그건 아직 남편과 살고 있다는 얘기라고, 저 나이가 되도록 큰 탈 없이 가정을 유지했다는 얘기라고, 저 여자의 딸일 아이 엄마는 온전한 가정에서 자랐으며 때문에 아이도 잘 키울 거라고, 나는 혼이 나간 젊은 할머니를 보면서 그런 생각을 한다.

동과 동 사이를 지날 때 아파트 1층에서 울음소리가 들려오면 나는 이어폰을 끼고 걸음을 빨리한다. 한 동 걸러 하나씩 있는 가정식 어린이집에서 아이들 울음소리가 새어 나오면 나는 귀를 막는다. 밖엔 자목련이 환하고, 땅 끝에서 하늘 끝까지 봄이 오고, 아무 일도 일어나지 않을 것 같은 멀쩡한 오후인데, 알록달록한 선팅을 한 그 유리창 안에서 미친 듯한 울음소리가 들려오면 나는, 좋지 않은 상태가 된다. 어떤 순간으로 바로 이동하기 때문에, 죄책감의 감옥에 갇히기 때문에, 귀를 막고 걸음을 빨리한다.

*

언젠가 아이가 놀이터에서 놀다 울며 들어온 적이 있다. 친구랑 둘이 그네를 타고 있는데 어떤 언니들이 자기들 앞에서 서로 싸웠다고 했다. 그네를 타고 있는 두 아이 중 누가 더 예쁜가 하는 문제로. 자기를 예쁘다고 한 언니가 졌기 때문에 아이는 울고 들어왔다. 아이는 피부가 까무잡잡하다. 얼굴이 하얀 아이들을 부러워한다. 엄마는 하얀데 자기는 왜 까만 거냐고 툴툴댄다. 백탁 현상이 심한 선크림을 발라주면 좋아한다.

나는 시시때때로 아이에게 말한다. 니가 해릉마을에서 제일 예쁘다고. 사실 세상에서 제일 예쁘지만 왠지 그 말을 더 좋아할 것 같아서 그렇게 말한다. 나는 내 딸이 까만 게 신기하고 좋다. 목소리가 굵고 뚜렷한 것도 좋다. 인형 놀이를 좋아하는 것도 좋다. 토끼가 아프면 곰에게 문병을 가게 하면서 노는 것도 좋다. 버섯을 싫어하는 것도 좋고 날벌레를 보면 우는 것도 좋다. 바다를 그릴 때 갈매기를 같이 그리는 것도 좋고 저녁을 먹고 나면 노래를 부르는 것도 좋다. 나는 내 아이가 안 좋을 때보다 좋을 때가 더 많다.

어떤 날, 나는 아이가 왜 좋은지를 계속 나열해 본다. 그래야만 하는 날이 있다.

*

　그리고 종종, 꽃집에 들른다. 꽃을 살 것처럼 이것저것을 둘러보다가 꽃 냉장고 문을 연다. 그 안으로 고개를 들이밀고는 숨을 쉰다. 꽃 냉장고 안엔 향이 좋은 꽃들이 가득하다. 내가 숨을 쉬고 있으면 꽃집 주인이 말한다. 너무 오래 열고 있으면 안 된다고. 꽃이 상한다고. 나는 미안해서 가끔 3천 원짜리 허브 화분을 사기도 한다. 하지만 대부분은 불쑥 들러서, 오늘은 어떤 꽃이 들어왔는지 궁금하다는 얼굴로, 꽃 냉장고 문을 열고 상체를 들이민다. 그리고 숨을 쉰다.

*

　개나리가 피었던 경찰서 담을 따라 연등이 내걸린 것이 보였다. 4월이었다. 3월이 지나고 4월이 온 것처럼 4월이 지나면 5월이 올 것이다. 나는 닭볶음탕용 닭이 든 봉지를 들고 서서 신호등이 바뀌길 기다렸다. 등 뒤로 박물관 뜰의 바람개

비가 돌고 있는 게 느껴졌다. 나는 마치 다른 곳을 보다가 우연히 그곳으로 시선이 간 것처럼 경찰서 건물을 한번 쳐다보고는, 길을 건넜다.

동 앞 경비실을 지나는데 카카오톡 메시지 음이 울렸다. 휴대폰을 얼른 꺼내 들었다. 메시지가 친정 엄마한테 온 것임을 알고 실망을 하는 잠깐의 시간이 지난 뒤 나는 내가 누군가의 메시지를 기다리고 있는 상태였다는 걸 알아차렸다.

프로필 사진을 보니 엄마는 주말에 나들이를 다녀온 듯했다. 토요일까지 일을 하고도 엄마는 하루 쉬는 날 친구들이나 친목회 회원들을 만났다. 엄마는 사람들과 함께 있어야 에너지가 생기는 사람이었다. 어느 자리에서나 사람들을 끌어모아 중심에 섰다. 성격이 불같고 목소리가 컸다. 많은 면에서 나와 정반대였다.

바뀐 프로필 사진 속에서 엄마는 매화 가지를 잡은 채 웃고 있었다. 예순둘. 아직 젊고 화사한 엄마의 얼굴을 볼 때마다 나는 생각했다. 인생은 이렇게도 길구나.

방문을 열자 화장대의 먼지와 손자국을 그대로

비추면서 해가 들어와 있었다. 옷을 갈아입다가 나는 문득 동작을 멈추고 화장대 거울 속을 들여다봤다.

햇빛이 무자비하게 쏟아져 들어올 때 거울을 보면 나는 늙어 보였다. 샤워를 마치고 욕실 조명 아래에서 거울을 보면 젊어 보였다. 서른아홉은 그런 나이였다. 어떤 때는 젊어 보이고 어떤 때는 늙어 보이는 나이. 이런 옷을 입으면 그런대로 젊어 보이지만 저런 옷을 입으면 왠지 늙어 보이는 나이.

나는 거울 앞에 선 채 그 안에 비친 내 맨가슴을 들여다봤다. 1년 동안 모유 수유를 한 적이 있는 가슴이었다. 작고 처져 있다는 걸 누구보다 내가 잘 안다. 하지만 상체를 약간 틀어서 측면으로 보면, 유두 끝이 아직은, 하늘을 향하고 있었다. 가슴 아래의 배와 허리와 힙은 내가 보내온 시간들을 솔직하게 담고 있었다. 외로워서 붙은 살은 뭘 해도 잘 빠지지 않았다.

그래도 아직은. 나는 거울을 보면서 중얼거렸다. 30대 후반으로 접어들면서 내가 혼자서 가장 많이 하는 말은 '그래도'와 '아직은'이었다. 그래도 아직은 가리면 가려지는 것들이지 않은가. 그래도 아직은 살아 있는 선들이 있지 않은가. 그래도 아직은 푸른 핏줄이 보이지 않는가. 그래도 아직은 붉고, 그래도 아직은 물기가 남아 있지 않은가.

하지만 나는 안다. '아직은'이라고 말할 수 있는 날이 얼마 남지 않았다는 것을. 40대가 되면 늙어갈 일밖에 없다고 생각하는 30대의 맨 끝에 다다른 것이다. 그리고 이 '아직은'을 물고 가다 보면 그 끝에서 남편에 대한 분노와 만난다는 것 또한 나는 익히 알고 있었다.

침대 위에 있던 티셔츠를 주워 입고서 닭을 꺼냈다. 팩 비닐을 뜯자 닭 비린내가 훅 올라왔다. 나는 심호흡을 한 번 한 뒤 머리를 묶어 올렸다. 개수대 안으로 토막 난 닭들을 쏟아놓고는 칼로 닭의 날갯죽지를 그으면서 맨손으로 닭 껍질을 뜯어내기 시작했다. 언제 만져도 소름 끼치는 감촉이었다.

나는 닭을 그다지 좋아하지 않았지만 뭔가를

풀어야 할 땐 꼭 닭을 먹었다. 백숙이나 치킨은 선호하지 않았다. 고추장과 고춧가루와 설탕을 잔뜩 넣어 매콤함과 달콤함이 극대화되게 졸인 닭볶음탕이어야 했다. 남편과 아이는 내가 한 닭볶음탕을 좋아하지 않았기 때문에 한 마리를 거의 다 내가 먹었고, 혼자 앉아서 먹어야만 먹는 이유가 충족되었기 때문에 대부분은 혼자 있을 때만 먹었다. 설거지하기 싫어서 접시나 포크는 쓰지 않았다. 입술과 입 주위가 벌겋게 돼도 닦지 않았고 양념이 묻은 손가락을 쭉쭉거리면서 빨아 먹었다. 그렇게 한바탕 먹어치우고 나면 잠깐은 기분이 괜찮았고 이틀 정도는 속이 쓰렸다.

메시지가 도착한 건 닭이 거의 졸여져 대파를 넣었을 즈음이었다. 이선우 경사였다. 회의가 있어 답이 늦었다는 말과 함께 이번 질문은 글로 답하기가 애매하니 시간이 괜찮으면 경찰서에 한 번 더 올 수 있겠냐는 말이 쓰여 있었다. 메시지 밑으로 경찰서 구내식당 사진이 함께 와 있었다. 평일 점심엔 직원들보다 민원인들이 더 많으니 부담 없이 오라는 말도 덧붙여져 있었다. 나는 이선우가 보낸 메시지의 마지막 문장을 읽었다.

'좋은 저녁 보내세요, 작가님.'

닭볶음탕 냄비의 불을 끈 뒤 주방 창문을 열었다. 맞은편 동 건물 위로 그날 저녁의 경찰서 복도가 떠올랐다. 거기에는 뜨거운 차를 받아 들기 전, 얼핏 보고는 고개를 돌려버린 전신 거울 속의 내 모습이 있었다. 겨우내 입은 니트와 펑퍼짐한 봄 점퍼. 무릎이 나온 청바지에 안 빤 운동화. 다듬을 때가 한참 지난 갈라진 머리털들.

나는 구내식당 사진 속으로 내 모습을 넣어보았다. 경찰서에서 밥까지 먹을 수 있을 것 같지가 않았다. 시간을 확인하고 식탁에 앉았다. 내가 답을 기다린 만큼 이선우도 기다려보라는 생각에 나는 답신 없이 메신저를 종료했다. 그러고는 은정동 인근의 맛집 검색을 시작했다.

*

첫 식사 자리에서 나는 이선우 경사에게 CCTV 관제센터에 대한 얘기를 들었다. 거기에 24시간

상주하는 공무원들이 시간대별로 어떤 표정인지 하는 얘기들이었다. 그 얘기를 들으면서 나는 이걸로 단편소설 하나는 거뜬히 쓸 수 있겠다는 생각이 들었다. 경찰서와 카페 중간쯤에 있는 두부집에서였다. 세 군데로 추린 맛집 후보지 중 동선과 무난함을 고려해 숙고 끝에 고른 집이었다. 나는 콩국수를 시켰고, 이선우 경사도 콩국수를 시켰다. 식당 테이블엔 다 직장인들이었다. 평일 열두 시대에 직장들 사이에서 밥을 먹어본 게 언제였는지 기억이 나지 않았다.

"구내식당 밥 말고 바깥 밥 먹는 게 오랜만이에요."

이선우 경사가 말했다. 나만 이런 점심이 오랜만인 게 아니어서 다행이라고 생각하면서 나는 식당 창밖의 벚꽃에 잠깐씩 눈을 주는 이선우 경사를 보았다. 그는 근무복 셔츠 대신 스트라이프 티셔츠를 입고 왠지 경찰 같아 보이는 점퍼를 걸치고 있었다. 말을 고르면서 시선을 내릴 땐 나보다 두어 살이 많아 보였고 무슨 말인가를 하다가 조금 웃을 땐 나보다 두어 살이 어려 보였다. 그는 보통 체격보다 몸이 컸고, 덧니가 있었다. 김치류보다 나물류를 더 많이 먹었고 식사를 하는 중간엔 물을 마시지 않았다. 면은 다 먹는데 국물은 남겼다. 콩국수인데도.

두 번째 식사 자리에서 이선우는 무죄는 혐의가 없어서 무죄인 게 아니라는 얘길 하다가 '냄새는 나는데 똥은 없다'는 말을 했다. 나는 그 말이 무척 마음에 들었다. 냄새는 나는데 똥은 없다니, 얼마나 찝찝한 상황인가. 이건 적어도 중편소설 감은 된다는 생각이 들었다.

그런 생각을 할 때, 그러니까 소설 생각을 할 때, 나는 내 눈이 빛났을 거라는 걸 안다.

이선우는 내가 집요하게 물을수록 자신이 무언가를 답해줄 수 있다는 사실에 안도와 기쁨을 느끼는 것 같았다. 이 세상에서 경찰관의 말을 제일 흥미롭게 들을 수 있는 게 작가가 아니면 누구란 말인가. 나는 경찰들이 기자는 싫어해도 작가한 텐 별 경계심이 없다는 걸 간파했고, 경험이 제법 있는 프로 작가인 척하려고 노력했다.

또한 나는 이선우의 스쳐 가는 표정 속에서 그

에게 연락을 하는 것도 연락을 하지 않는 것도 모두 내 손에 달려 있다는 걸 알게 되었다. 작가는 경찰관한테 물을 게 많지만 경찰관은 작가한테 물을 게 없으니까. 경찰관이 작가한테 먼저 연락하는 건—작가가 죄를 짓지 않는 이상— 얼마나 이상한 일인가. 갑자기 나타나 질문을 들이미는 것도 며칠 동안 아무 연락을 하지 않는 것도 모두 이선우가 아닌 내가 할 수 있는 것들이었다.

두 번 다 밥은 내가 샀다. 이선우는 경찰서 매점에서 카누 커피를 팔고 있다고, 한 잔에 5백 원이라는 얘기를 했다. 글을 쓰고 집으로 돌아가다가 커피 생각이 나면 언제든 들르라고 했다. 나는 경찰서에 가서 커피까지 마실 생각은 없었지만 그러겠다고 했다. 카페 샌드위치나 구내식당 밥이 싫어지면 가끔 점심 번개를 하자는 말도 했다. 그 말은 내가 했다.

밥을 먹고 같이 어린이 박물관 쪽으로 걸어가다 보면 병원 근무자들이 밥을 먹으러 삼삼오오 나오는 게 보였다. 저만치에서 지나가는 아이 친구 엄마들도 보였다. 박물관과 주공 아파트 사이에는 경찰서 뒤편으로 이어지는 산책로가 있었다. 이선우는 경찰서로 다시 들어가기 위해, 나는 해릉마을 10단지로 돌아가기 위해 그 길을 같이 걸어갔다.

그 길에는 유모차를 밀며 걷는 여자들이 있었다. 허리를 굽히고 걷는 노인들이 있었고 화분을 늘어놓은 야생화 트럭이 있었다. 소리 없이 지나가는 자전거가 있었고 애완견이 달리기 시작하면 같이 달리는 사람들이 있었다. 나는 그 풍경들을 이선우와 함께 보았다. 어린이 박물관 주차장의 흰 선들이나 푸른 싹이 올라오는 조팝나무 이파리 같은 것들을. 경찰서 옥상의 피뢰침과 10단지를 둘러싼 나무들을. 근린공원 너머의 야산 능선을. 활짝 피기 직전의 흰 꽃들을.

양주에 대해 쓰기 시작한 지 10년째가 되는 봄이었다. 아이를 낳은 지 10년째가 되는 봄이기도 했다. 그런 때에 나는, 오래전에 발생한 어떤 죄의 만료일에 대해 말할 수 있는 경찰관을 만났다. 나는 물을 등진 절벽 위에서 마지막이 될지도 모르는 소설을 쓰고 있었고, 서른아홉이었다.

서랍장이 있다. 침대가 있다. 좌식 화장대가 있고, 젖혀놓은 커튼이 있다. 그 방에 들어와 있는 건 오후 햇빛이 아니라 오전 햇빛이다. 4월이고, 황사가 자주 오고, 꽃이 차례차례 피고, 침대 위에는 교사용 풀이집이 있다. 그리고 그 말이 들린다.

"저예요."

열려 있는 문 저쪽에서 전화 통화를 하고 있는 것은 마흔여섯 살의 엄마다. 주위를 특별히 의식하지도 않은 채 엄마는 전화를 받는다. 혹은 건다. 그리고 말한다. "저예요"라고. 갑자기 어떤 것을 알아버리게 만드는 말투로.

4월은 늘 그때를 불러온다. 내가 양주로 가 한 달을 머물렀던 대학교 4학년 때를. 양주여고는 교문부터 시작되는 오르막길을 따라 벚나무가 줄지어 서 있었다. 교생 실습 기간이었던 4월 한 달 동안 그 꽃이 피었다가 졌다. 목련도 피었다가 졌고 민들레도 피었다가 졌다. 어떤 꽃이 갑자기 피었다가 갑자기 지는 일이 모두 4월 한 달 안에 일어난다는 것을 떠올릴 때마다 나는 그때로 불려 간다. 추위가 물러가면서 찾아오는 뿌연 대기나 갑자기 끼었다 걷히는 아침 안개를 볼 때, 땅이 물렁물렁해지고 한낮에 한 겹씩 벗고 싶어질 때, 바람을 동반한 비가 내리고 꽃잎들이 보도 위에 가득 깔릴 때, 여전히 그때로 불려 간다.

고등학교 졸업과 동시에 나는 양주 집을 떠났다. 3년 뒤 교생 실습 때문에 다시 양주로 갔을 때, 나는 내가 그들과 떨어져 있던 3년 동안 내 엄마 아빠에게 무슨 일인가가 일어났다는 것을 알았다. 아니다. 그들 사이에는 훨씬 오래전부터 무슨 일인가가 일어나고 있었는지도 모른다. 그들과 내내 같이 살면서도 나는 몰랐다. 하지만 스물세 살 때, 단 한 달이었는데도 나는 무언가를 알게 됐다. 아니다. 나는 아무것도 모른다. 여전히 아무것도 모른다.

양주여고 애들은 벚꽃이 피어 있는 동안 쉼 없이 사진을 찍었다. 꽃이 존나 이쁘다면서 쉬는 시간마다 벚나무 아래로 달려갔다. 내가 입던 것과 똑같은 교복을 입고, 내가 그랬던 것처럼 졸업과 동시에 양주를 떠날 생각으로만 가득 차 있었다.

교무실 책상에 앉아 있으면 학교 뒤 읍사무소로 군인들을 실은 트럭이 들어오는 게 보였다. 군인들은 읍사무소 앞에 줄을 서서 부재자 투표를 했다. 총선이 있던 해였을 것이다. 황사가 유독 심한 봄이었다. 수업을 마치고 돌아와 보면 책상 위에 올려놓았던 교재 위에서 황사 모래가 써럭하게 만져졌다. 주말에 학교에 나가는 날이면 학생용 화장실에 들어가 담배를 피웠다. 한 달 동안 엄마가 해주는 밥을 먹었다. 아빠가 여고 뒷산으로 아침 운동을 갔다 올 무렵 일어나 정장을 입고 가방을 챙겼다. 내 담임 지도교사의 반에는 나를 오랫동안 언니라고 부르던 아이가 있었다. 내 엄마와 그 아이의 엄마는 같은 친목회 회원이었다. 어렸을 때 엄마를 따라 계곡에 가면 자기 엄마를 따라온 그 아이가 있었다. 우리는 엄마들이 계곡 그늘 아래에서 술을 마시는 동안 냇가에서 돌을 쌓으면서 놀았다. 담임 지도교사와 함께 종례를 하고 교실을 나갈 때 그 아이가 몇 번 다가와 초콜릿을 쥐어주었다. 교생 실습 마지막 날 그 아이가 울던 것이 기억난다. 그리고 아빠 차에 짐을 싣고 다시 서울로 가던 날, 국도 옆으로 하얀 조팝나무 꽃들이 피어 있던 것이 기억난다.

나는 그 꽃을 오랫동안 싸리꽃으로 알고 있었다. 오랜 후에 정확한 명칭이 조팝꽃인 걸 알았다. 개나리가 필 때쯤 싹이 돋고 벚꽃과 목련이 질 무렵 하얗게 꽃을 피우기 시작한다는 것도. 그러니까 조팝나무 꽃이 핀다는 건 4월 말이 되었다는 뜻이고, 내가 교생 실습을 마치고 다시 서울로 가던 그 무렵이라는 뜻이고, 곧 5월이 온다는 뜻이다. 아빠는 노원 자취방에 내 짐을 내려주고 욕실 하수구를 손봐주고 다시 양주로 돌아갔다. 내가 아빠를 본 건 그날이 마지막이었다. 아빠는 보름 후인 5월 한복판에 갑자기 죽었다.

*

마스크를 하고 모자를 쓰고 운동화를 신은 채 나는 집을 나섰다. 미세먼지가 심한 날은 근린공원의 걷기 트랙에 사람들이 별로 없었다. 능으로 체험학습을 나오는 유치원생들도 물론 없을 것이다. 나는 정자와 벤치들을 지나 야산으로 가는 길이 시작되는 근린공원의 제일 꼭대기에 섰다. 아이가 수업을 듣고 있을 초등학교와 해릉 10단지, 이선우가 일하고 있을 경찰서 건물을 일별한 뒤 바로 산길로 들어섰다.

차로 가면 능 입구까지는 동네에서 20분도 걸리지 않았다. 능 정문 쪽에는 사람들이 일부러 찾아가는 맛집과 카페와 주말농장 터가 있었다. 근린공원 뒤의 야산과 닿는 곳은 능 뒤편이었다. 양주시의 천곡산으로 이어지는 소나무 숲과 닿아 있는 길이기도 했다.

이선우는 '수사 부서에 있을 때'라는 말을 부지불식간에 종종 썼다. 수사 부서에 있을 때, 그가 있던 수사팀은 팀장의 명에 따라 아침 일곱 시 반까지 출근했다. 그리고 매일 근린공원 뒤의 야산을 등산했다.

나는 발 지압로가 있는 곳까지 걸어가 시간을 확인했다. 공원 입구에서부터 20분. 성인 남자들

의 걸음으로는 10분도 가능할 거리였다. 운동기
구와 쉼터가 있는 곳까지는 30분. 갈참나무 군락
이 있는 곳까지는 40분. 거기서부터는 다소 가파
르고 외진 산길이 능까지 계속됐다.

나는 마스크를 벗고 헉헉거리면서 계속 걸었
다. 능 영역이 시작되는 것을 알리는 소나무들이
보이고서야 걸음을 천천히 했다. 등이 땀으로 축
축했다. 출근 시간까지 돌아와야 했을 것이므로
경찰들은 아무리 빨리 걷는다 해도 능까지 아침
등산을 하진 못했을 것이다. 시간을 확인하면서
나는 작은 동산처럼 솟아 있는 능들을 봤다. 그리
고 고개를 돌려 그 옆으로 펼쳐진 소나무 숲을 봤
다. 양주로 이어지는 숲. 내가 무언가를 묻어놓은
숲.

아이가 유치원에 들어간 다섯 살 때였다. 처음
으로 가는 소풍이었다. 코코몽 도시락에 꼬마 김
밥을 싸서 아이를 유치원 버스에 태워 보냈다. 경
진시의 많은 교육기관에서 그러는 대로 아이의
유치원에서 소풍을 간 곳은 능이었다.

소풍을 다녀온 그날 오후 유치원 담임이 전화

를 걸어왔다. 아이가 능에 들어서서부터 내내 울었다고 했다. 그냥 운 것도 아니고 바들바들 떨면서 울었다고 했다. 벌도 나무도 흙도 다 무섭다며 울음을 그치지 않아서 소풍 내내 부담임이 안고 있었다고 했다. 담임은 내 아이 때문에 많이 힘들었던 것 같았다. 수십 명의 아이들 중에서 내 아이만 울었다는 걸 강조했다. 다른 아이들은 안 그런데 내 아이만 그렇다는 것. 그게 부모한테 얼마나 큰 공포감과 죄책감을 주는지 담임은 알고 있었을까.

유치원 버스에서부터 잠들어 왔던 아이는 피곤했는지 오후 내내 잠을 잤다. 나는 눈물이 말라붙어 있는 아이의 얼굴을 들여다봤다.

아이는 한 해 두 해 커갈 때마다 그맘때의 나를 데려왔다. 아이가 일곱 살이 되었을 땐 일곱 살의 내가, 아홉 살이 되었을 땐 아홉 살의 내가 살아났다. 오랫동안 잊고 살던 기억들이, 아이를 낳지 않았으면 죽을 때까지 다시 살아나지 않았을지도 모르는 기억들이 지난 10년간 놀라울 정도로 생생하게 살아났다. 나는 아이를 보며 내 엄마 아빠의 결혼 생활을 보았고 엄마가 나에게 했던 분풀이와 탄식을 다시 들었다. 아이는 때때로 내 지난 시간을 들추기 위해 보내진 심판관처럼 느껴졌다. 나는 내 안에서 들끓는 욕들을 아이가 알아챌까봐 겁이 났고 내가 묻어둔 기억들이 아이에게 이식될까봐 두려웠다. 나라는 인간을 형성해온 것들을 완전히 떼어두고 아이를 대하는 게 얼마나 어려운지를 깨달을 때마다 벌을 받는 것 같았다.

능으로 첫 소풍을 다녀왔던 날 아이는 언제 울었나 싶게 말간 얼굴로 낮잠에서 깼다. 일부러 숲 체험을 다니진 않았어도 흙을 밟다가 운 적은 없었다. 나무를 보다가 운 적도 없었다. 능 때문이었을까. 처음으로 떠난 낯선 소풍 때문이었을까. 아니면 나 때문이었을까.

그날 저녁 아이는 거실에 앉아서 무언가를 그리고는 수방으로 걸어와 나에게 내밀었다. 나는 아이의 그림을 보고 한동안 움직일 수 없었다. 스케치북엔 형체를 알기 힘든 검은 선들이 가득했다. 아이가 스케치북 한 면을 검은 물감으로 채운 건 그때가 처음이자 마지막이었다. 굳어가는 내 얼굴을 올려다보며 아이가 말했다.

"엄마. 이게 오늘 갔던 숲이야. 늑대가 가득해."

*

그때로부터 5년이 지났지만 나는 아직 그 그림을 갖고 있었다. 물감 때문에 종이는 울어 있었지만 아이가 큰 붓에 검은 물감을 적셔 휘저은 선들은 그대로였다. 선 사이사이는 물기가 마른 거친 붓 자국으로 채워져 있었다. 왼쪽 상단쯤에 주황색 물감을 마구 찍어놓았는데 그게 나뭇가지인지 해인지 동물 발자국인지 종잡을 수가 없었다.

열 살이 된 아이는 막상 그때를 기억하지 못했다. 네 살 때 욕조 물에 똥을 쌌던 건 기억을 하면서도 능에 가서 운 것이나 검은 물감으로 그린 그림은 정말로 기억이 나지 않는 것 같았다.

그러니 그렇게 신나는 목소리로 체험학습 참가 신청서를 내밀었을 것이다. 6월에 능으로 소풍을 간다는 내용의 신청서를.

"엄마, 유부초밥 말고 꼭 김밥 싸줘야 돼. 우엉 뺀 김밥!"

아이는 식탁에 앉아 저녁을 먹으면서 집에 오는 길에 친구가 해준 얘기를 했다.

"엄마, 지후는 엄마가 아침마다 머리를 진짜 예쁘게 묶어주거든. 땋고 오는 날도 많고. 근데 집에 갔을 때 머리가 조금이라도 헝클어져 있잖아? 그럼 엄청 화를 낸대."

친구가 놀이터에서 놀다가 해준 얘기도 했다.

"엄마, 혜리가 어제 문제집을 풀다가 나눗셈을 틀렸는데, 엄마가 그렇게 병신같이 살 거면 니네 아빠한테로 가라고 했대."

"소은아."

"응?"

"너는?"

"내가 뭐?"

"너도 친구들한테 엄마 얘기 하니?"

"아니. 나는 그런 얘기 안 해."

아이가 생각보다 천연스럽게 잡아떼며 밥을 먹었다. 열 살 아이들은 친구들과 생각보다 자주,

엄마 아빠한테 당한 억울한 일들을 얘기하며 서로의 처지를 위로하는 것 같았다. 그리고 생각보다 쉽게, 친구와 나눈 얘기를 엄마한테 종알거렸다. 그래서 나는 굳이 알고 싶지 않은 정보도 알게 되는 때가 있었다.

"소은아."

"응?"

"소은이 니가 지후랑 둘이 집에 오고 있었어. 근데 어떤 언니들이 오더니 이러는 거야. 야, 저쪽에 프리파라 게임기 새로 생긴 거 알아? 선착순으로 열 명만 뽑을 수 있는 거야. 그러면서 꼬시면 어떻게 해야 되지?"

아이 표정이 조금 시무룩해진다.

"가면 안 돼. 친구랑 둘이니까 괜찮겠지 하고 가면 안 돼. 셋이서라도 가면 안 돼."

"우리 동 앞까지 왔는데 경비 아저씨가 택배 있다, 택배 갖고 가라 소은아, 하면서 경비실 안으로 잠깐 들어오라고 하면 어떻게 해야 되지?"

"들어가면 안 돼."

"요 앞에서 학습지 선생님을 만났어. 소은아,

내가 어제 너랑 수업하다가 깜빡하고 책을 두고 갔는데 지금 집에 올라가서 좀 갖고 가도 될까? 하고 같이 들어오려고 하면 어떻게 해야 되지?"

아이 표정이 좀 더 시무룩해진다.

"……다음에 엄마 있을 때 오세요."

"친구네 집에 놀러 갔는데 엄마는 안 계시고 오빠가 있으면 어떻게 해야 되지?"

"다음엔 우리 집에서 놀자 친구야."

상황별로 착착 대답을 하다가도 아이는 불쑥 물었다. 그럼 학습지 선생님 말고 하은이 엄마는 괜찮아? 그럼 경비 아저씨 말고 외삼촌은 괜찮아? 그럼 오빠 말고 남동생은 괜찮아?

잠들기 전 아이는 입버릇처럼 휴대폰 사달라는 말을 하다가 잠이 들었다. 나는 시계처럼 손목에 차게 되어 있는 아이의 키즈폰을 충전기에 꽂았다. 부모의 휴대폰에 앱을 깔아 아이의 위치 조회를 하는 기능이 있었고 메시지는 부모가 지정해 준 스무 개의 문장 안에서만 보낼 수 있었다. 시간이 가면서 스무 개의 문장은 아이가 자주 쓰거나 아이에게 꼭 필요한 말로 수정되어갔다. 나는 키즈폰 앱을 열어 아이의 말들을 들여다봤다.

"도착했어요.""지금 나가요.""연락 주세요.""무슨 말이에요?""사랑해요.""도와주세요.""저 소은이에요.""보고 싶어요.""죄송해요.""아빠 오늘 일찍 와요?""칭찬 스탬프 주세요.""아니요.""네 엄마.""가는 중이에요.""감사해요.""어디예요?""차 탔어요.""데리러 와주세요."

학교를 마치면 혼자 현관문을 열고 들어와 우유에 시리얼을 타 먹고, 다시 현관문을 열고 나가 학원 차를 타던 시간이 거기에 담겨 있었다. 아이가 서너 살이던 무렵, 월요일이면 어린이집에 보낼 이불을 싸서 그걸 메고 아이와 함께 뒤 단지의 아파트 1층으로 갔다. 아침에 옷을 입히고 있으면 아이는 말했다. "엄마. 나 가서 한잠 자고 올게. 카페 잘 갔다 와." 아이는 기침과 콧물을 달고 있는 아이들 틈에서 기침과 콧물을 달고 낮잠을 잤다. 냉장 보관이라고 적힌 항생제를 어린이집 가방에 같이 싸서 보낸 날이 부지기수였다. 그보다 더 어렸을 때, 아이는 아침이면 어린이집에 가기 싫어서 옷을 입지 않으려고 도망갔다. 아이를 붙

잡아 와 윽박지르고 사정하며 팔다리에 옷을 꿰고, 신발을 신기고, 어린이집에 데려다주고 나오면 하루에 쓸 에너지를 그때 다 써버린 것처럼 아침에 이미 녹초가 됐다. 어떤 날은 아이를 데리러 가야 하는 시간이 오지 않기만을 바랐고 어떤 날은 아이들 틈에서 땀을 흘리며 자고 있을 아이가 그리워서 가슴이 갈라졌다. 한낮에 엄마 손을 잡고 지나가는 두어 살 아이들을 보는 게 힘들어서 아이가 어린이집에 있는 시간엔 마트조차 가지 않았다. 쉬면 죄책감이 들어 쉬지 않았다. 쉬지 않고 소설을 썼다. 나는 직장맘도 아닌데 돌 갓 지난 아이를 어린이집에 맡겼으니까. 아이의 평생 인성이 결정된다는 생후 3년이 지나기도 전에 아이를 떨어뜨려놓았으니까. 아이와 둘이 있는 게 힘들어서가 아니라, 그런 게 절대 아니라, 소설을 쓰려고 그런 거니까, 소설을 썼다. 기껏해야 소설을. 청탁받지 않은 소설을. 아무도 원하지 않는 소설을.

　나는 키즈폰 앱을 닫고는 아이가 걷어찬 이불을 다시 덮어주었다. 나에게 사랑한다는 말을 제

일 많이 하는 사람. 아무 이유 없이 나를 좋아해
주는 사람. 아주 많은 이유로 나를 힘들게 하는
사람. 까맣고 예쁜 내 딸, 윤소은.

*

비가 예보 없이 내리는 날은 이면도로 사거리
가 다른 속도로 움직였다. 사람들은 빠르게 뛰어
갔고 차들은 천천히 엉켰다. 오전 내 하늘이 컴컴
했다. 손우산을 하고 뛰던 사람들 사이로 둥근 우
산들이 하나둘 늘어가는 게 보였다. 형광색 우비
를 입은 배달원들의 오토바이가 전조등을 켠 차
들 사이를 비집고 지나갔다. 노트북 너머의 회화
나무 가지가 쉬지 않고 출렁였다. 자박자박 내리
는 봄비가 아니라 꽃들이 다 떨어질 것 같은 강풍
이었다.

"애 뭐 입고 갔어? 춥네."

남편의 메시지였다. 감기기가 있는 아이한테
얇은 점퍼를 입혀 보낸 걸 생각하고 있던 차였
다. 이런 날, 그러니까 따뜻하다가 갑자기 꽃샘추

위가 온다거나 하는 날, 남편과 같은 시간에 같은 걸 걱정하고 있는 걸 알게 될 때 나는 덜 외로웠다. 그는 아이에 대한 많은 것들, 예뻐 죽겠고 걱정돼 죽겠는 온갖 시시콜콜한 것들을 나와 같은 강도로 맞장구쳐줄 수 있는 유일한 사람이었다.

하지만 이런 날, 낮부터 하늘이 컴컴하고, 꽃잎을 떨구면서 비가 오고, 눈앞의 나뭇가지가 출렁이고, 차들이 전조등을 켜는 이런 날, 내가 아이 생각만 하는 것은 아니다. 이런 날 나는 아이의 체온이 아니라 다른 체온이 그립다. 따뜻함보다 더 높은 온도가 필요하다. 이런 날 나는 내가 걱정된다.

아이의 반 엄마들이 모인 단톡방에선 강풍과 하굣길과 우산 얘기들이 올라오고 있었다. 단원평가 얘기와 체험학습 얘기도 나왔다. 30분도 안 돼 100개가 넘게 쌓이는 단톡방의 말들을 나는 늘 한 줄도 빼놓지 않고 읽었다. 거기 모인 여자들의 프로필 사진도 빠짐없이 살폈다. 아이가 저녁 먹으면서 종알거리는 친구 엄마 얘기 중에 굳이 알고 싶지 않은 정보란 사실 하나도 없었다.

나는 다른 집 여자들이 어떻게 사는지가 좀이 쑤
시도록 궁금했다. 좀 더 정확히 말하면 1년에 몇
번을 하고 사는지가 궁금했다.

점심때가 가까워오면서 이면도로 사거리의 우
산은 더 늘어났다. 노트북 너머의 회화나무에서
왼쪽으로 고개를 돌리면 그 건물이 보였다. 나는
매일 그 건물을 봤다. 7층짜리 상가 건물인 그곳
엔 아이와 종종 가는 만화 카페가 있었고 맛집 현
수막이 붙은 만둣집이 있었다. 헤어숍이 있고 스
크린 골프장이 있고 크림맥줏집이 있고, 그곳이
있었다.

내게도 성욕이 없던 시절이 있었다. 그때 내 남
편 윤지욱이 저 건물의 그곳에 갔었다는 것을 나
는 알고 있다. 동영상 세 시간에 만 원인 곳. 컴맹
도 환영인 곳. (구)컴퓨터방이자 일명 자위방인
그곳.

노트북을 닫고 일어나려는데 친정 엄마한테 메
시지가 왔다.

이런 날, 남편과 친정 엄마 둘 다한테서 메시지
가 오는 날, (구)컴퓨터방이 있는 건물을 보며 친

정 엄마의 산악회 포털카페 가입을 도와줘야 하는 이런 날, 나는 아주 별로인 상태가 된다.

엄마는 늘 말한다. 윤 서방한테 고마워하라고. 니가 아직도 글에 매달려 있을 수 있는 건 다 윤 서방이 배려해줘서라고.

윤 서방은 바람도 안 피우고 도박도 안 하며 술도 많이 안 먹고 나를 때리지도 않는다. 그런 남편한테 뭔가를 더 요구하면 나는 손쉽게 좋지 않은 여자가 될 수 있다.

엄마는 이런 말도 한다. 이리저리 돌려 말하지만 요점은 그것이다. 윤 서방이랑 많이 자주라고.

엄마가 하는 말 중에 최고는 이것이다. 같이 자식 낳고 산 부부만 한 게 없다고. 나는 엄마가 마치 그해 봄을 다 잊은 것처럼 그 말을 하는 게 놀랍다. 나는 해마다 그 봄을 다시 겪는데 엄마가 마치 평범한 엄마인 척하는 게 울렁거린다. 하지만 나는 참는다. 참는 것은 나의 특기니까. 친정 엄마와 남편, 그 둘한테서 벗어날 수만 있다면 무슨 일이든 할 수 있을 것 같지만 참는다. 참고 약을 먹는다. 사방에 조팝나무 꽃이 피기 시작하고 윤 서방과 장모님이 동시에 메시지를 날리는 이런 날, 나는 약을 먹는다.

비가 잦아드는 듯 보였다. 누가 먼저 그렇게 얘기했는지 잘 기억이 나지 않지만 우동을 먹자고 말했다. 비가 오니까. 손우산을 해도 괜찮을 정도여서 굳이 우산을 사지 않았는데 우동집에 거의 도착할 즈음 다시 비가 쏟아졌다. 나처럼 손우산을 만들어 쓰고 저쪽에서 이선우가 뛰어오는 게 보였다.

우동이 나오길 기다리는 동안 이선우는 기획수사 절차에 대한 얘기를 했다. 나는 기획수사에 대한 얘기를 들을 기분이 아니었지만 이선우라는 존재가 문득 고맙게 느껴져 최대한 얘기에 집중했다. 얘기는 이선우가 '수사 부서에 있을 때' 파주에 있는 한 홍보관을 압수 수색했던 때로 이어졌다. 압수 수색 전 몇 달 동안 동선 파악과 제보자 진술 확보 등의 준비를 한다. 그리고 수색 당일엔 수사 팀원들끼리 역할 분담을 한다고 했다. 한 명은 영장을 제시하고 두세 명은 위력을 과시하고 또 한 명은 동영상을 촬영하는 식이었다. 나는 이선우의 역할은 무엇이었느냐고 물었다.

이선우가 조금 쑥스러운 표정으로 고개를 숙이며 말했다.

"……위력 과시요."

그 말을 듣자마자 나는 상체를 왼쪽으로 틀고는 고리가 풀려나간 듯 웃기 시작했다. 나는 그게 무례한 행동이라고 생각했지만 이상하게 웃음을 멈출 수가 없었다. 일단 웃고 사과를 해야겠다는 생각에 나는 눈꼬리가 축축해지도록 웃었다. 그렇게 웃지 않고는 못 견딜 것 같은 날이었다. 사람들이 우산을 접으며 들어오다가 나를 쳐다봤다. 나는 정신 놓고 웃는 여자가 상당한 위화감을 줄 수 있다는 걸 그때 처음으로 느꼈다.

"저희 할머니가요."

수사 얘기를 할 때와 조금 달라진 표정으로 이선우가 나를 보며 말했다.

"제가 가면 계란프라이를 세 개씩 해주세요. 저도 다른 사람들처럼 한 번에 하나만 먹는데……."

쌍꺼풀이 없었지만 작지 않은 눈이었다. 느린 말투가 각진 선들을 다 쳐낸 것 같은 얼굴이었다.

저렇게 안 세 보이는 눈매로 위력 과시의 임무를 맡았던 건 아마도 체격 때문이었으리라. 특별히 근육 같아 보이지도 않았고 그렇다고 비만처럼 보이지도 않았다. 이선우는 그냥 무척 컸다.

나는 웃음을 조금씩 수습하면서 이선우를 쳐다봤다. 다른 세계의 사람에게 경찰 세계의 말을 할 때, '수사 부서에 있을 때'와 같은 말을 할 때, 다른 톤이 섞이지 않기가 어렵다는 걸 안다. 하지만 이선우는 허세와 잡설이 없었다. 특별히 문학작품을 읽는 것 같진 않았지만 '봬요'를 '뵈요'로 쓰지도 않았고 '돼요'와 '되요'를 헷갈리지도 않았다. 그리고 눈빛이 담백했다. 나는 기혼자들 밑바닥에 뭐가 있는지 잘 알았다. 눈빛에 뭔가가 서려 있지 않기에 나는 이선우가 미혼일 거라고 생각했다. 묻지는 않았다. 내가 고 3일 때 이선우가 몇 학년이었는지 그런 게 불쑥불쑥 궁금했지만 사적인 질문은 전혀 하지 않았다.

이선우가 계란프라이 얘기를 한 뒤로 이상하게 대화가 자연스럽게 이어지지 않았다. 그래서 우리는 한동안 고개를 숙이고 우동만 먹었고, 중요한 속보라도 나오는 것처럼 홀 한쪽의 티브이를 올려다봤다. 티브이 뉴스에서는 부산의 한 아파트에 나타난 멧돼지 소식을 전하고 있었다. 큰 피해가 있기 전에 경찰이 출동했다는 내용이었다.

"경찰이 멧돼지도 잡아요?"

내가 묻자 이선우가 그렇다고 대답했다.

"멧돼지는 어느 부서에서 잡아요? 지구대? 교통과? 혹시 지능팀?"

이선우가 웃다가 고개를 들고는 조금 난처해진 표정으로 말했다.

"경진시 멧돼지는…… 제가 가요."

그날 나는 경찰관 이선우의 특수한 출동 업무에 대해 알게 됐다. 그리고 이선우가 일주일 동안 경진시 은정동을 떠나 있게 됐다는 사실도 알게 됐다.

비가 다시 잦아들어 다행히 우산 없이 걸어온 길이었다. 저만치로 경찰서 정문이 보이자 이선우가 할 말이 있는 것처럼 걷는 속도를 늦추었다. 일 얘기만을 한다고 해도 같이 밥을 먹는다는 건

같이 차만 마시는 것보다는 친밀도를 높여주는 일인 듯했다. 눈에 보이지 않게 쌓이던 시간들이 어느 날 형체와 온도를 지닌 채 옆에 서 있는 걸 알게 될 때. 우동을 먹고 비가 그친 거리를 걸어오면서 나는 어쩌면 이선우도 나와 비슷한 걸 느끼고 있을지도 모른다는 생각을 했다.

"다음 주엔 내내 아산에 있게 될 것 같아요."

정문에 서 있는 의경이 보일 때쯤 이선우가 말했다.

"합숙 교육 갈 기회가 몇 년에 한 번 있을까 말까인데 이번에 가게 됐어요."

그 말을 들을 때까지만 해도 나는 알지 못했다. 하루에 한 번은 메시지를 주고받고 일주일에 한두 번은 같이 밥을 먹던 이 패턴이 이선우가 은정에 없는 일주일 동안 어떤 흐름을 타게 될지. 짧다면 짧은 일주일이라는 시간이 누군가의 마음에 어떤 곡선을 그을 수 있는지, 나는 몰랐다. 이선우도 몰랐을 것이다.

잦아들었던 비가 다시 한두 방울씩 떨어졌다. 아이 하교 시간이 다가오고 있었다. 비가 오는 날은 매점 커피가 더 맛있다고, 이선우가 테이크아웃으로라도 가져가라고 말했다.

"아이가 오늘 우산을 안 가지고 가서요."

"……"

"저쪽에, 은정초등학교 다녀요."

나는 묻지도 않은 말을 했다. 이선우는 마치 잠깐 잊고 있던 어떤 사실을 깨달은 것처럼 혼자서 고개를 끄덕끄덕했다. 그러고는 '잠시만요'라고 말했다. 내가 경찰서를 찾아갔던 그날 저녁 그 복도에서처럼 이선우는 그 말을 남기고 경찰서 안으로 뛰어 들어갔다.

나는 이선우가 '잠시만요'라고 했기 때문에 그 자리에 계속 서 있었다. 박물관 앞뜰의 바람개비들이 세차게 돌기 시작했다. 강풍 때문에 휘어져 떨어지는 가는 빗줄기를 보면서 나는 이선우를 기다렸다. 이선우가 기다리라고 했으니까. 이선우가 좋은 하루를 보내라고 하면 좋은 하루를 보냈고 좋은 글을 쓰라고 하면 좋은 글을 썼던 것을 떠올렸다. 다시 뛰어나온 이선우가 검은색 장우산을 건넸다. 아직 비닐도 뜯지 않은 새 우산이었다. 손잡이에 '경진경찰서'라고 쓰여 있었다.

나는 고맙다고 말했다. 잘 다녀오라고도 했다. 10단지로 건너가는 횡단보도의 신호등이 바뀌는 것을 보면서 은정은 내가 잘 지키고 있겠다는 실 없는 농담을 했다.

*

언젠가 무슨 말 끝에 엄마가 나에게 말했다. "그게 살림 사는 재미지"라고. 내가 어떤 말을 했을 때 엄마가 그 얘길 한 건지는 기억이 나지 않는다. 신혼 초였는지 아이를 낳은 후였는지도 기억이 나지 않는다. 다만 그 말이 좋았던 것은 기억난다. 살림을 산다는 말. 그 말이 주는 어감이 참 좋아서 내가 언제 그런 재미를 느꼈던 것인지 떠올려보려고 애를 쓴다. 지금도 그런 걸 느끼며 살고 싶다는 생각을 한다.

엄마가 그 말을 했다는 건 언젠가 엄마도 살림 사는 재미를 느껴봤다는 것인데 그게 언제였을까 도 생각해본다. 내가 다섯 살 때였을까? 열두 살 때였을까? 열여섯 살 때였을까? 엄마가 오래 망설이다 그릇 세트를 주문한 날 아빠는 그걸 바로 반품시킨 적이 있었다. 살림 사는 재미를 느꼈던 건 그 전이었을까? 아빠와 아빠의 남동생이 똑같은 표정으로 동시에 엄마를 몰아붙인 적이 있었다. 그 후였을까? 소리를 죽이기도 하고 소리를 토하기도 하면서 엄마가 울던 밤들이 있었다. 화가 나서 달려온 큰외삼촌한테 아빠가 고개를 숙이던 날들이 있었다. 그런 날들은 무엇이었을까. 갑자기 쏟아지는 비에 엄마 아빠가 함께 달려 나가 장독대 뚜껑을 덮던 날들이 있었고, 나와 동생들을 앉혀놓고 생선 뼈를 발라 먹이던 날들이 있었다. 처음 외지로 나간 큰딸의 자취방을 두 부부가 맞붙어 앉아 락스로 닦던 날들이 있었다. 그런 날들은 또 무엇이었을까.

나는 엄마가 언제부터 아빠를 싫어했는지 모른다. 일마만큼 싫어했는지도 모른다. 다만 자신이 싫어하는 남자를 그대로 빼다 박은 누군가를 키워야 했다는 것은 안다. 그 아이의 고유한 특성에 대해 단 한 번도 긍정적인 피드백을 주지 않고 키웠다는 것을 안다.

이 세상 누구도 나만큼 아빠와 비슷하지 않다. 엄마와 아빠가 나 다음에 낳은 아이들도 아빠의 형제들도 나만큼 아빠와 비슷하지 않다. 나는 이 세상에서 아빠를 가장 많이 빼다 박은 사람이다. 그래서 나는 여전히 매일, 16년이 지났지만 여전히 단 하루도 빠짐없이, 아빠의 선택에 대해서 생각한다. 이 세상에서 나와 구조가 비슷한 단 한 사람, 그 사람이 한 선택을 생각한다.

*

'축 오픈'이라고 쓰인 풍선 아치가 진분홍색 연등 아래에서 조금씩 움직였다. 이마트 옆 건물에 개업을 한 불고깃집이었다. 나는 그 앞을 지나다가 휴대폰을 꺼내 밥집 상호와 풍선 아치를 찍었다. 이선우가 아산의 경찰교육원 사진을 보내왔을 때 나는 그 사진을 보냈다.

10단지 정문으로 오는 참외 트럭에선 오렌지도 같이 팔았다. 노란 봉지 속의 노란 참외와 오렌지색 망 속의 오렌지를 나는 사진으로 찍었다. 글을 쓰고 집에 돌아가는 길에 경찰서 매점에 들러서 5백 원을 내고 카누 커피를 사 마셨다. 그 컵을 찍었다. 한낮 기온이 올랐는데도 근린공원 사거리의 붕어빵 포장마차에선 붕어빵을 구웠다. 어느 날 나는 붕어빵 천막에 '오늘이 진짜 마지막 날'이라는 종이가 붙어 있는 것을 보았다. 그것을 찍었다.

나는 이선우가 없는 은정의 풍경들을 찍어서 아산의 이선우에게 보냈다. 이선우는 숙취해소 음료를 개발한 사람의 강연을 듣다가 졸았다는 얘기를 보내왔다. 동료 경찰들과 한잔하는 중이라며 기본 안주로 나오는 프레첼 과자를 찍어 보냈다. 이선우는 부산에서 온 한 경찰관과 방을 같이 썼고 그 경찰관은 코를 심하게 골았다. 아산에 있던 일주일 내내, 이선우는 코를 고는 룸메이트 옆 침대에 누워서 자정이 훌쩍 넘도록 카톡을 했다. 경진시 은정동에 사는 나, 정수진과.

아파트 후문 공원에 있는 시 공공자전거를 찍어 보냈을 때 나는 이선우의 부모님이 윗동네에 있는 호수공원 옆에 살고 있다는 걸 알게 되었다. 이선우는 주말이 되면 부모님 집으로 가서 지내다 일요일 저녁에 은정으로 왔다. 봄이나 가을엔 윗동네까지 공공자전거를 타고 오갔다. 이선우는 고등학생 때까지 부모님과 그 동네에서 살았고 지금은 경찰서에서 5분 거리에 있는 오피스텔에서 혼자 살고 있었다. 이선우는 서른일곱이었다. 기사 검색을 통해 짐작했던 대로 이선우가 경진 경찰서 소속이 되어 은정에 살기 시작한 건 내가 은정에 살기 시작한 때와 시기가 비슷했다.

이선우와 나는 그런 우연들에 의미 부여를 하면서, 얼굴을 보며 밥을 먹는 상황에서라면 주고받지 못할 얘기들을 주고받았다. 처음 봤을 때의 인상이라든지, 좋은 이웃이 생겨서 참 좋다는 말이라든지, 막 경찰이 되고 막 작가가 되었던 10년 전의 마음이라든지 하는 얘기들을.

이선우는 나를 안전한 사람이라고 여기고 있었다. 그가 언제부터 새로운 인간관계를 맺을 때 '안전'을 최우선 가치로 두게 되었는지는 모르지만 내가 초등학생 아이를 키우는 주부라는 점이 이선우를 안심시키는 가장 큰 요인인 듯했다.

이선우와 얘기를 나눌수록 나는 그가 갑의 위치에 서게 되는 수사경찰보다는 행정경찰 일이 더 잘 맞을 수도 있겠다는 생각이 들었다. 그는 악의를 가진 민원인들의 말도 끊지 못할 때가 많았고 담당 사건이 아니어도 누군가 찾아와 말을 시작하면 끝까지 다 들었다. 그래서 성격이 불같거나 팀 실적을 중요시하는 상급자들한테 지적을 받은 적도 여러 번인 듯했다. 글 자문을 구한다고 무작정 연락을 한 나를 만나준 것도 어쩌면 이선우의 그런 성정 탓인지 몰랐다. 내가 이선우의 내선 번호와 연결이 된 건 형사팀에서 두어 번 거절을 당한 뒤였다.

하루에 두어 시간씩 꼬박 일주일, 아산과 은정 사이로 수많은 메시지가 오가는 동안 나는 나를 거절했던 형사팀에 고마움을 느끼는 정도로까지 감정이 상승되었다. 어떤 날 나는 이선우의 얼굴이 갑자기 생각이 나지 않아서 포털에서 다시 기사 검색을 하고, 우수 수사팀 시상식 단체사진을 열어 그 맨 뒷줄에서 웃고 있는 이선우의 얼굴을 확대해 보았다. 10단지에서 신고가 들어올 때면 10단지에 사는 나를 생각했다는 이선우의 말을 어떤 날은 종일 생각했다. 남는 시간엔 계속 옷을 사러 돌아다녔다. 그 일주일 중의 또 어떤 날은 싱크대 앞에서 설거지를 하다가 문득 동작을 멈추고 혼자 웃었다. 나도 모르게 웃었다. 그러면 까맣고 예쁜 내 딸 윤소은이 다가와 '엄마 웃어?'라고 물었다. 내가 웃었기 때문에 아이는 안도하는 표정으로 저녁 내내 잘 놀았다. 우리의 저녁은 즐거웠다. 남편이 회식이나 야근을 하면 나는 저녁 시간이 힘들었지만 이젠 덜 힘들었다. 이선우도 모르고 나도 모르는 사이에, 남편도 모르고 친정 엄마도 모르고 하늘도 땅도 모르는 사이에, 이선우는 그렇게 18층 우리 집으로 들어와 내 아이를 웃게 하고 있었다.

아산에서의 마지막 날, 이선우는 메시지 대신 메일 한 통을 보냈다. '경진시에 사는 수진 씨에게'로 시작하는 메일이었다. 내가 그 후로 수도 없이 열어보게 될 그 메일에는 사진 한 장이 첨부돼 있었다. 짧지 않은 메일 끝에 이선우가 말했

다. 내일이면 은정으로 돌아간다고. 도착하면 잠
깐이라도 내 얼굴을 보고 싶다고.

아산에서 돌아오는 이선우는 이미 이전의 그
경찰관이 아니었다.

이선우를 만나러 가기 전, 나는 휴대폰에 저장
된 이름 두 개를 변경했다. '울신랑'을 '윤지욱'으
로. '우리딸'을 '윤소은'으로.

*

우리는 마주 앉아 있다. 경의선 KTX 소리가 들
리는 주택가의 한 카페. 아이들은 다 하교를 했
지만 직장인들은 아직 퇴근을 하지 않은 늦은 오
후다. 스튜디오를 겸한 카페에는 벽 곳곳에 사진
들이 걸려 있다. 잔디밭에 앉아 환하게 웃는 아이
들의 스냅사진이 걸려 있고 3대가 모여서 찍은
가족사진이 걸려 있다. 이선우와 나는 그 사진들
사이에 마주 앉아 있다. 우리는 일 얘기를 하지
않는다. 웃지도 않는다. 그냥 얼굴을 본다. 우리에
겐 아주 짧은 시간만이 있다. 아이는 학원에서 곧

돌아올 것이고 이선우는 다시 경찰서로 들어가야 하므로. 지는 해가 비쳐 들어오는 카페에 앉아서, 나는 내가 이 시간을 고대한 꼭 그만큼 이 시간을 두려워해왔다는 것을 느낀다. 내 앞에 앉아 있는 사람 또한 나와 같은 두려움을 느끼고 있다는 걸 느낀다.

*

　나는 아무것도 생각하지 않는다. 나는 다만 가득 차 있다. 너무도 익숙하고 지겨운 나 자신 말고, 나 자신을 둘러싼 어떤 것들 말고, 새로운 인물에 대한 탐구심으로 가득 차 있다.

　나는 아무것도 생각하지 않는다. 내가 그를 본 첫날 경찰서 4층에서 양주 얘기를 해버렸던 것을 생각하지 않는다. KTX 역 앞에 차를 대고 카페를 찾아오는 길에 이선우가 내게 전화했던 것을, 전화기 저쪽에서 이선우가 머뭇거리던 것을, 자신을 뭐라고 지칭해야 좋을지 몰라 하다 '저예요'라고 말했던 것을 나는 생각하지 않는다.

나는 아무것도 보지 않는다. 다만 달려간다. 전속력으로 달려간다. 민들레가 노란 점처럼 깔려 있던 잔디밭에 하얀 홀씨들이 매달리고, 철쭉이 무섭도록 피어나고, 하얀 조팝꽃이 분수처럼 가지를 뻗은 길을 지나 달려간다.

근린공원 사거리를 지나고 그가 사는 오피스텔 건물을 지나고 콩국숫집과 우동집을 지나고 내가 글을 쓰는 카페를 지난다. 이선우가 경찰서에 있는 낮에, 나는 은정의 어떤 거리에 서서 그를 생각한다. 내가 집에 있는 저녁에, 이선우는 은정의 어떤 거리에 서서 나를 생각한다. 그와 나는 같은 동네에 살고, 10년 동안 같은 동네에 살아왔고, 하루 종일 그는 내가 일하는 지척에서 일을 한다. 남편은 하루 종일 한 시간 거리에 있고 그는 하루 종일 5분 거리에 있다.

그리고 몇몇 순간들을 갖게 된다. 그 순간들에 나는 어떤 예감을 한다. 20년이나 30년쯤 후에, 그때에도 여전히 이선우가 이 동네에 살지 나와 이야기를 나눌지 아니면 내 세계에서 완전히 사라질지 그런 건 아무것도 알 수 없지만 그때에도 내가 여전히 어떤 것을 간직할 거라는 예감을 한다.

퇴근 무렵 이선우는 경찰서 옥상으로 올라간다. 10단지를 바라보다 10단지 쪽 하늘을 찍는다. 나는 내가 있는 방향의 하늘에서 해가 지는 사진을 갖는다.

당직 다음 날의 반일 휴무일에 이선우는 카페에 들러 노트북 앞에 있는 내 뒷모습을 찍는다. 나는 내가 한 번도 본 적이 없는 내 뒷모습을, 글을 쓰고 있는 내 모습을 가진다. 그 사진을 찍던 순간의 이선우를 가진다.

그리고 한낮의 근린공원 사거리가 있다.

그 사거리에는 이선우의 직장 동료인 교통경찰이 있고 삼삼오오 지나가는 내 아이 친구 엄마들이 있다. 신호가 바뀌길 기다리면서 이선우가 조심스레 말한다. 이 동네에서 밥을 먹는 게 불편하면 다른 동네로 가자고. 자신은 괜찮지만 나는 괜찮지 않을 수도 있다고.

나는 대답한다. 상관없다고, 아무렇지도 않다고, 거짓말을 한다. 이선우가 서운한 듯도 하고 편해진 듯도 한 표정으로 고개를 끄덕인다.

"수진 씨 말이 맞아요. 우리가 죄를 짓는 것도 아니고."

좌회전 신호를 받은 차들이 보도 턱에 나란히 선 우리를 휘돌아 지나간다. 근린공원에서 어떤 냄새들이 건너온다. 나를 둘러싸고 서 있는 나무들이 이제 곧 5월이 온다고 온몸으로 말하고 있다. 신호가 바뀌려는 찰나, 이선우가 혼잣말인 듯 아닌 듯 그 말을 한다.

"그리고…… 사람이 죄 좀 짓고 살면 어때요."

나는 우리 동네 어떤 경찰관을 가진다. 죄 좀 짓고 살면 어떠냐고 말하는 경찰관을 가진다.

*

자정을 지날 때 대화창 안엔 새 날짜선이 그어진다. 어느 밤, 날이 바뀌는 게 실시간으로 보이던 대화창 안에서 이선우는 자신의 현 위치가 빨간 점으로 표시된 지도 사진을 보내왔다. 이선우가 잠드는 곳이 내 집과 너무도 가까워서, 나는 내 아이 옆에 누워 움직이지 못하고, 리모컨을 쥐고 거실 소파에서 코를 고는 남편의 소리에 귀를 기울이다, 간신히 잠이 들었다.

*

어느 날 나는 '인지상정'이란 말을 흰 한글창에 치고 그 말을 쳐다보았다. '사람이라면 누구나 가지는 보통의 정서' '누구나 느끼는 감정'이라는 풀이 글을 쳐다보았다. '고통받는 이웃을 보면 나서서 돕고 싶은 것이 인지상정이다'라는 예문을 쳐다보았다.

그러면서 생각했다. 얘기 나누다 보면 얼굴 보고 싶어지고 자꾸 얼굴 보다 보면 자고 싶어지는 게 인지상정 아닌가. 그러자 나는 인지상정이란 말이 역겹게 느껴졌다.

하지만 내가 정말로 역겨워하는 단어는 따로 있다. 나는 1만 매가 넘는 소설을 쓴다 해도 '섞다'라는 동사를 단 한 번도 쓰지 않을 것이다. 나는 '섞다'라는 말이 역겹다.

*

꿈에서 가끔 남편과 잔다.

우리가 하는 건 '생리 끝난 다음 날의 질외 사정'이다.

그런데 나는 임신한다.

다음 날에도 나는 내 배 위에 남편의 정액이 고여 있는 꿈을 꾼다. 남편은 음식을 흘린 아이처럼 내 눈치를 보면서 자기 정액을 단지에 주워 담는다. 나는 그게 너무 꼴 보기 싫어서 남편한테 욕을 한다. 꺼지라고. 제발 꺼져달라고. 나는 윤 서방 니가 싫어. 보면 몰라? 나는 너랑 하는 내내 눈을 감고 있었는데.

*

엄마는 정수기를 싫어한다. 정어리도 싫어한다. 정강이도 싫어하겠지. 엄마는 '정'으로 시작하는 세 글자들을 모조리 싫어한다. 나는 정수진.

교과서에 이름을 쓸 땐 수진정으로 썼다. 차라리 정수기였다면 좋았을 걸. 정어리나 정강이였다면 매사가 이렇게 엿 같지는 않았을 텐데.

*

아빠의 영정 사진을 급히 골라야 했을 때 엄마는 앨범을 뒤졌을 것이다. 갑자기 죽어버린 아빠의 예전 얼굴들을 갑자기 보아야 했을 것이다. 죽기 몇 년 전부터 아빠는 사진을 전혀 찍지 않았다. 그래서 영정 사진 속의 아빠는 내가 기억하는 아빠보다 훨씬 젊었다.

내가 서른다섯이던 해의 아빠 기일에 나는 아빠의 영정 사진을 보면서 저 사진 속의 아빠는 서른다섯이 아닐까 생각했다. 서른아홉의 나는 아빠의 사진을 보며 사진 속의 아빠가 서른아홉이라고 생각한다. 마흔이 넘으면 아마도 나는 아빠와 더 닮아 보이겠지. 살아서는 특별한 다정함도 친밀함도 없었는데, 죽어서는 나와 완전히 밀착되어버린 그 존재감을 생각한다.

단 한 해도 빠짐없이 4월이 지나면 5월이 오고, 아빠의 기일쯤엔 창문을 열어두어야 할 만큼 조금 더워진다. 조팝꽃도 지고 백화라일락도 지고 꽃사과 꽃도 지고, 꽃이 진 자리로 잎이 무섭도록 돋아난다. 아빠가 들어가 죽은 여고 뒷산이 5월 이맘때 얼마나 짙푸러지는지를 생각할 때마다 아빠가 마지막 순간에 보았을 풍경을 떠올린다.

기일 저녁에 가끔 아빠의 여동생이 온다. 제사상을 한번 훑고는 내 엄마를 향해 "뭘 이렇게 많이 준비했어요, 언니~"라고 말한다. 조기가 실하다느니 수박이 벌써 나왔냐느니 떠든다. 어떤 해에는 아빠의 남동생이 들른다. 제사상을 한번 훑고는 닭이랑 소고기 위치를 바꿔 놓는다. 내 남동생을 앉혀놓고 두동미서가 어쩌니 홍동백서가 어쩌니 떠든다.

아빠가 죽었을 때 아빠의 남동생과 여동생은 내 엄마가 아빠를 죽였다고 생각했다. 남편을 잡아먹었다는 식이 아니라 정말로 죽였다고 생각했다. 그리고 스물세 살의 나에게 물었다. 엄마가 아빠를 죽이기 직전에 그들과 한 달을 같이 살지 않았느냐고, 아는 것이 없느냐고 물었다.

그런데도, 그랬는데도, 이젠 올케 언니와 형수의 탕국을 아무렇지도 않은 얼굴로 앉아 퍼먹는다. 나는 그냥 본다. 참으면서 본다. 심지어 나는 그들의 자식들한테 가끔 용돈도 준다. 그들이 죽으면 가서 밤을 새울지도 모른다.

결혼을 하기 전에 나는 결혼을 하면 내 원가족한테서 조금이라도 멀어질 수 있다고 생각했다. 엄마를 안 보고 내 아빠의 형제들을 안 보기 위해선 결혼을 해선 안 된다는 걸 몰랐다. 나에게 남편과 아이가 생기는 순간 내 남편과 아이에겐 처갓집과 외갓집이 있는 게 정상이 되리라는 걸, 정상이 아니기 위해선 정상인 척하는 것보다 훨씬 많은 용기가 필요하다는 걸 나는 몰랐다. 결혼을 하는 순간 내 원가족과 더 철저히 묶이리라는 걸 몰랐다.

올해의 아빠 기일엔 아빠의 남동생도 여동생도 없다. 윤 서방은 출장 중이고 엄마가 한 음식을 먹고 있는 건 정씨 삼 남매를 빼면 내 딸뿐이다. 나는 운전 때문에 음복을 못 한 채 제정신으로 앉아서, 음복하는 동생들을 쳐다봤다.

엄마가 아빠를 죽였다는 소문 혹은 믿음이, 동생들의 귀에 들어갔는지 아닌지 나는 알지 못한다. 동생들이 아빠의 죽음을 어떻게 받아들이는지 전혀 모른다. 동생들이 그때 군대에 있어서 다행이라고 생각할 뿐이다. 우리는 때마다 얼굴을 보고 밥을 먹고 가끔 맥주를 마시며 사는 얘기를 하지만 그때에 대해서는 얘기하지 않는다. 5월마다 모여서 아빠의 제사상을 차리지만 16년 전의 봄에 대해서는 한 마디도 하지 않는다.

아빠가 죽었을 때 내가 이해할 수 없었던 건 내가 아는 사람 모두가 아빠가 자살할 리가 없다고 믿는다는 것이었다. 아빠가 자살한 걸 알았을 때 내게 온 것은 충격이 아니었다. 나는 어떤 것이 그냥 이해가 되었다. 저절로, 한꺼번에, 그제야, 이해가 되었다. 나는 고개를 끄덕였다. 아빠는 그 길을 택했구나. 그 길로 간 것이구나. 그러면서 예감했다. 이제부터의 내 인생은 아빠가 한 선택과 아빠가 하지 않았을 수도 있는 선택, 그 둘 사이의 줄타기가 될 거라는 걸. 하루의 대부분을 자살하지 않기 위해 애써야 살 수 있을 거라는 것을.

　나는 어쩌면 아빠가 자살했던 마흔여덟까지 살 수도 있을 것이다. 물론 살아 있지 못할 수도 있다.

*

　늦은 밤 서울외곽순환고속도로를 타고 집으로 돌아오면서 나는 '조심히 오세요'라는 이선우의 메시지를 떠올렸다. 정말로 조심히 운전을 하면서 내가 지금 가는 곳이 은정이라는 사실을 떠올렸다. 차는 양주톨게이트를 빠져나와 사패산터널을 지나고 송추IC를 지났다. 양주에 갔다 돌아올 때마다 아무 생각도 하지 않기 위해 일부러 멍한 상태로 운전을 하던 길이었다. 내비게이션 주소창이 양주시에서 경진시로 넘어갔을 때 나는 백미러로 뒷좌석을 보았다. 아이는 피곤했는지 깊이 잠들어 있었다.

　아이와 둘이 한밤의 외곽순환고속도로를 달릴 때 나는 가끔 차 속으로 아빠를 초대했다. 아빠가 뒷좌석에 앉아서 까맣고 예쁜 내 딸 윤소은을 잠

깐 들여다볼 수 있게 해주었다. 그리고 아빠에게
말했다. 내 아이는 다행히 나를 많이 안 닮았다
고. 우리를 안 닮았다고. 아빠의 선택은 나만 지
배할 수 있다고. 내 아이한테는 조금의 영향도 끼
칠 수 없다고. 내가 지금 이 도로를 달려 네모난
집으로 돌아가고 있는 건 그 이유 때문이라고. 당
신이 5월 한복판의 산속에서 한 그 행동이 내 아
이한테 아무런 그늘도 드리울 수 없게 하고 말 거
라고. 하지만 차가 고속도로 출구를 나와 고가를
돌면, 저만치로 은정의 불빛이 펼쳐지면, 나는 그
게 거의 불가능한 일이 아닐까 생각한다.

*

점심시간이 시작되고 20여 분이 지나자 운동
장으로 아이들이 쏟아져 나왔다. 고학년 아이들
은 체육관과 축구 골대 쪽으로 달려가고 저학년
아이들은 놀이터 쪽으로 달려가는 게 보였다.

폴리스맘의 역할은 2인 1조 순찰이었다. 학교
후문과 연결된 공원에 가끔 노숙자가 나타난다고

했다. 공원의 여자 화장실을 기웃댄다는 남자 노인도 있었다. 어린이 도서관에 나타나 혼자 책을 보는 아이들한테 자꾸 말을 건다는 지적 장애인도 있었다.

같은 조 폴리스맘한테 그런 얘기들을 들으면서 나는 혹시 운동장에서 내 아이가 보일까 싶어 걷는 중간중간 발꿈치를 들었다. 5교시 시작종이 울리자 아이들은 운동장에서 감쪽같이 사라지고 교문으로 커다란 책가방을 멘 저학년 아이들이 걸어 나왔다.

야광 폴리스맘 조끼를 입고 그늘 쪽으로 걸으면서 나는 옆의 폴리스맘과 몇 단지에 사는지, 영어 학원은 어디를 보내고 수학 공부는 어떻게 시키는지, 주말엔 아이와 어디로 놀러 가고 요새 저녁 반찬은 뭘 해 먹이는지 같은 얘기들을 나누었다. 6월에 능으로 체험학습을 가면 덥겠다는 얘기를 하던 중 옆의 폴리스맘이 자신은 가기가 어렵겠다고, 나보고 가달라는 얘기를 했다. 체험학습에는 반별로 반 대표 엄마와 폴리스맘 한 명이 따라가게 되어 있었다. 옆의 폴리스맘은 아이가 셋이었다. 나는 아이가 하나였으므로 아이 셋 엄마의 제안을 받아들였다.

같은 조 폴리스맘은 밝고 편안한 사람이었다. 처음 만났는데도 같이 순찰을 도는 시간이 어색하지 않았다. 얘기를 나누며 길을 걷는 동안 나는 몇 번씩 크게 웃었다. 초등학교 뒤편의 중학교 앞을 건너 7단지 상가 쪽으로 가자 '무조건 5천 원인 집' 앞에 줄이 길었다. 이선우의 부모는 은정에 오면 저 집 앞에 줄을 서서 과일을 사고 그걸 이선우의 오피스텔에 놓아주고 간다고 했다. 이선우는 언젠가 지나가듯 '제 어머니가 건강하실 때'라는 말을 한 적이 있었다. 그래서 나는 '무조건 5천 원인 집' 앞을 지날 때마다 남편의 부축을 받으며, 혹은 남편이 미는 휠체어에 앉아 과일을 사는 늙고 병든 여자를 떠올렸다.

유치원 건물 쪽으로 방향을 틀 때쯤 이선우가 메시지를 보내왔다. 사격 훈련이 있는 날이라 모처럼 외근 중이라고 했다. 이선우는 경기북부경찰청 관내에 있는 열한 명의 사격마스터 중 한 명이었다. 정례 사격일마다 경진경찰서 경찰관들의 사격 훈련을 담당하고 있었다. 나는 소음방지 귀마개를 하고 방탄조끼를 입고 있는 이선우를 그려보았다. 두 팔을 뻗어 38구경 권총을 잡고, 원이 뻗어나가는 표적지에 감각을 집중하며 고개 각도를 조정하는 순경 이선우를 상상해보았다. 자신도 놀랄 정도로 사격 점수가 잘 나오고, 마스터 대회에서도 기초 점수를 훌쩍 넘고, 그래서 지금은 사격마스터가 되고 만 경무계 행정경찰 이선우 경사를 생각해보았다.

유치원 건물에 다 왔을 즈음 "엄마!"라고 외치는 소리가 들렸다. 옆의 폴리스맘과 나는 소리 나는 쪽으로 동시에 고개를 돌렸다. 길에서 들리는 "엄마" 소리는 어떻게 들어도 다 내 아이 목소리 같았다. 아이가 길에 있을 시간이 아닌 걸 아는데도 나는 걷다가 그 소리가 들리면 반사적으로 고개를 돌려서 아이를 찾곤 했다.

목소리의 주인공은 옆 폴리스맘의 아이였다. 유치원 건물에서 뛰어나온 여자아이가 엄마한테로 달려왔다. 아이는 내 얼굴을 보더니 나를 많이 봐온 것 같은 표정으로 인사를 했다. 그러고 보니 낯이 익었다. "우리 둘째예요." 여자는 나에게 폴리스맘 조끼 반납을 부탁하고 아이와 함께 10단지 쪽으로 걸어갔다. 길옆으로 철쭉 화단이 선명했다. 마치 한 장의 스냅사진과도 같은 그들의 뒷모습을 나는 오래 쳐다보았다. 엄마 손을 잡고 걸어가던 아이가 고개를 돌려 나를 보았다. 저녁마다 아빠를 따라 나와 후문 공원 한쪽에서 혼자 그네를 타던 아이였다.

*

저녁을 먹으면서 아이는 폴리스맘 활동이 어땠는지 꼬치꼬치 묻는다. 동화 엄마보다 폴리스맘이 더 멋지다고 생각하는 것 같은 얼굴로. 나는 아이에게 공원 화장실엔 가지 말라고 말한다. 어린이 도서관을 배경으로 상황극을 던져준다.

하지만 내가 정말로 무서운 건 노숙자도 지적장애인도 아니다. 아파트 단지 안 놀이터 한쪽에 스마트폰을 들고 모여 있는 초등학생 남자아이들. 나는 그 아이들이 무섭다.

*

　오랫동안 내 딸이 스물세 살이 될 때를 가정해
왔다. 콩순이 유모차에 인형을 태우고 산책을 가
던 다섯 살 내 딸이 스물세 살이 될 때. 민들레 홀
씨만 보면 달려가 후후 불던 일곱 살 내 딸이 스
물세 살이 될 때. 공원의 운동기구가 보이면 가서
해보지 않고는 그냥 지나가지 못하던 아홉 살 내
딸이 스물세 살이 될 때.

　까맣고 예쁜 내 딸 윤소은이 스물세 살이 될 그
언젠가에, 내가 스물세 살에 겪었던 감정들을 조
금도 겪지 않는 것. 나는 그게 내 마음먹기에 달
려 있다고 생각해왔다. 나만 똑바로 살면 아이가
그 수렁에 빠지지 않을 거라고 생각해왔다. 지금
도 자주 그렇게 생각한다.

　엄마의 외도와 아빠의 자살과 잘 모르는 누군
가에게 난생처음 느꼈던 살인 충동. 그것이 한꺼
번에 왔던 스물세 살의 봄을 나는 아이에게 들키
고 싶지 않다. 이선우에게 들키고 싶지 않다. 남
편에겐…… 들켜도 안 들켜도 이젠 크게 상관이

없다. 하지만 예전에 남편을 사랑했을 때, 윤지욱의 아내가 되고 싶었을 때, 나는 내 스물세 살을 철저히 감췄다. 내 우울과 분노와 혐오와 욕망을 감추고 그의 아내가 되었다.

감추는 게 지긋지긋해졌을 때 이선우가 옆에 있었다. 주방 창문을 열고 허공을 보다가 문득 '이렇게 살다 죽는 건가'라는 생각이 들 무렵 이선우가 내게 왔다. 그는 한동네에 사는 낯선 세계의 낯선 남자였다. 내 접시의 회 위에 가만히 무순을 올려놓아주는 그의 행동 하나에도 나는 버들처럼 흔들렸다. 남은 인생에서 누군가에게 한번쯤 내 일부를 드러내도 된다면 나는 그게 이선우였으면 좋겠다고 생각했다. 내 어떤 부분을 솔직히 드러내도 나를 향해 달려오던 이선우의 마음이 멈추지 않을 거라고 믿었다.

그렇게 믿어서 미안하다. 이선우 너한테 내가 미안하다. 니가 니 엄마 얘기를 해도 나는 내 엄마 얘길 하면 안 됐는데 해버려서 미안하다. 나를 통해 니 엄마를 이해해보고도 싶었을 너한테 내가 아주 미안하다. 니가 어렵게 세워놓은 방어

기제를 걷어차버려서 미안하다. 애초에 경찰서로 찾아가서 미안하다. 너한테 내 죄에 대한 자문을 구해서 미안하다. 소설의 탈을 쓰고 강력 사건을 털어놓아서 미안하다. 경찰관인 너한테 내 얘기를 듣게 하고, 니 마음을 흔들어놓아 미안하다. 너랑 계속 밥만 먹었어야 했는데 술을 먹어서 미안하다. 나를 따뜻하고 유순한 사람으로 믿고 있던 너한테 내가 미친년인 걸 인증해서 미안하다. 솔직해서 미안하다. 나를 사랑해도 될지 망설이게 해서 미안하다.

*

다 내 잘못이다. 나만 사라지면 되겠지. 나만 사라져주면 니 인생 편하겠지.

*

그 여자가 비틀거리면서 우리 집으로 왔을 때 나는 '안녕하세요 아줌마'라고 인사했다. 엄마는 지금 집에 없다고 말했다. 몸은 비틀거리고 있었지만 여자의 눈은 나한테 고정돼 있었다. 그 여자가 엄마한테 볼일이 있어 온 게 아니라는 걸 아는 데는 오래 걸리지 않았다.

교생 실습 마지막 주의 공개 수업일을 앞둔 주말 저녁이었다. 나는 거실에 앉아 파워포인트 작업을 하고 있었다. 나는 여자가 나를 보며 내심 이런 얘길 하길 바랐다. '니가 우리 애 반 담임 교생이 되었다면서. 어려서 그렇게 잘 데리고 놀더니 우리 애가 얼마나 좋아하는지 모른다.' 그러면 나는 이렇게 대답할 참이었다. '윤지가 반 애들 중에 눈이 제일 반짝반짝해요. 아줌마는 좋으시겠어요. 윤지가 공부를 참 잘해서.'

하지만 그 여자는 내 얼굴을 훑어보더니 대뜸 어떤 아저씨를 아느냐고 물었다. 취한 상태로 보였지만 혀가 꼬일 만큼은 아니었다. 물론 나는 그 남자를 알았다. 중고등학교 때 동네에서 종종 보곤 했으니까.

잠깐의 시간이 흘렀다. 여자의 표정이 미묘해지고 있다고 느낀 순간 나는 여자가 곧 내게 좋지 않은 말을 할 거라는 생각이 들었다. 내가 짐작만 하고 있던 어떤 것을 여자가 확인시켜줄 거라는 생각이 들었다.

"너 그거 아니?" 그렇게 물은 뒤 여자가 마침내 말했다. 내 엄마가 그 남자와 섞는 사이라고. '그걸' '섞는' 사이라고 했다.

나는 정신을 똑바로 차려야겠다고 생각했다. 어두운 저녁이었고 집에는 나와 그 여자 둘뿐이었다. 여자는 엄마와 뭔가가 제대로 틀어졌고 지금 술을 먹었다. 여자는 엄마를 가장 고통스럽게 할 수 있는 방법을 찾아내고 내게 온 것이다. 나는 표정이 흔들리지 않으려고 노력하면서 여자를 정면으로 쳐다봤다. 딴 남자랑 그걸 섞은 내 엄마보다 엄마의 사생활을 그 딸한테 말하고 있는 당신이 더 후지다고, 그런 눈빛으로 봤다. 실제로도 나는 한심해서 참을 수가 없는 기분이었다. 고작 저런 여자와 십수 년 지기로 지낸 엄마의 인간관계가 한심했고 딸한테 이런 말을 듣게 하는 엄마의 처신머리가 한심했다.

또 잠깐의 시간이 흘렀다. 여자의 얼굴에 언뜻

낭패의 기색이 지나갔다. 여자는 내가 엄마와 같은 과가 아니라는 걸 눈치챈 것 같았다. 엄마한테 달려가 화르르 따지는 게 아니라 칼끝을 내 안으로 겨눌 거라는 걸 알아버린 것 같았다. 자신의 말이 별 효과를 거두지 못할 거라고 생각하는 것 같았다.

여자가 알지 모르겠지만 여자의 말은 결과적으로 상당한 효과를 거두었다. 여자는 없어졌어도 여자의 말은 생생하게 살아 지금도 나를 찌르고 있으니까. 나를 거쳐 엄마를 찌르고 있으니까. 그러니 그 여자는 죽지 않은 것이다. 아직 살아 있는 것이다.

그날 나는 그 여자에게 무슨 말을 했던가. 파워포인트창을 지우며 화면보호기가 어른댔고 창문으로는 4월 하순의 밤공기가 들어왔다. 현관 참에 어정쩡하게 서서 나는 그 여자에게 그 말밖에 하지 못했다.

우리 아빠한텐 말하지 말아달라고.

*

　아빠의 장례식장엔 내 교과 지도교사와 담임
지도교사와 반 아이들이 왔다. 아빠의 장례식장
엔 그 여자가 왔고 그 여자의 남편이 왔고 나를
언니라고 부를지 선생님이라고 부를지 쑥스러워
하던 그 여자의 딸이 왔다. 아빠의 장례식장엔 내
엄마와 '그걸' '섞은' 남자가 왔다. 아빠의 장례식
장엔 아빠의 여동생과 남동생이 왔다.

*

　5월 중순의 어느 날 나는 이선우와 술을 먹었
다. 내가 두고두고 곱씹게 될 한 번의 술자리를
가졌다. 밥만 먹다 보니 어느 날 술이 먹고 싶어
졌던 것이다. 그래서 우리는 어느 날 저녁에 같이
술을 먹었던 것이다. 그런 게 인지상정 아닌가?

*

　이선우가 나와의 술자리에 얼마나 들떠 했는지가 기억난다. 저녁 시간을 거의 못 내던 내가 저녁 시간을 빼서 나오자 얼마나 좋아했었는지가 기억난다. 어느 정도 술이 오르기 전까지 우리가 얼마나 재미있게 얘기를 나누었는지가 기억이 난다. 우리는 작가와 경찰관 사이의 감정을 넘어서 있었지만 작가와 경찰관이 얼마나 좋은 친구가 될 수 있는지 몇 시간이고 얘기했다.

　2차로 자리를 옮긴 구청 뒤의 맥줏집에 이선우가 앉아 있다. 테이블이 몇 개 없는 작은 집이다. 저쪽 테이블에 앉아서 술을 먹던 여자 둘이 막 일어나 나간다. 평일 저녁의 구청 뒷골목은 점점 한산해진다. 안주로 오징어 눈이 수북이 담겨 나온다. 땅콩도 함께 나온다. 주인이 다가와 오징어 눈에 땅콩을 끼워서 먹으면 더 맛있다고 알려 주고는 밖으로 나가 담배를 피운다. 나는 이런 안주를 처음 먹어본다고 말한다. 이선우도 그렇다고 말한다. 이선우는 얼굴이 불그레하고 자주 웃

는다. 오징어 눈에 땅콩을 끼워서 자꾸 나에게 건
네준다. 우리는 술을 계속 마시고, 보다가 말하고
말하다가 보기를 반복한다.

이선우가 내 얼굴을 바라보다가, 엄마 얘기를
한다. 자신이 초등학교 5학년 때 알게 된 자기 엄
마의 외도 얘기를 한다. 나는 내가 너무 취했다고
생각한다. 그 얘기가 갑자기 왜 나온 건지 알 수
없는 기분이 된다. 이게 무슨 상황인지 파악하고
싶어서 나는 이선우를 쳐다본다.

이선우가 말한다. 자신은 엄마를 이해한다고.
처음부터 이해했고 지금도 이해한다고. 나는 그
렇게 말하는 이선우의 얼굴을 본다. 이선우가 나
의 어떤 것을 건드리는 것을 본다.

나는 웃고 싶어진다. 테이블이 부서지도록 웃
고 싶어진다. 답가로 내 엄마 외도 얘기를 한다.
다른 말은 하지 않는다. 한마디만 한다. ×××고.
나는 내 엄마가 ××워.

그 말을 하자마자 나는 깨닫는다. 지난 16년 동
안 내가 그 말을 얼마나 하고 싶었었는지. 소나무
숲에 들어가 땅에 구멍을 파고 얼마나 외치고 싶

었었는지 그 말을! 나는 나에게 자기 엄마 외도 얘길 하는 사람을 생전 처음 만났고 그래서 생전 처음 그 사람에게 내 엄마 얘길 했다. 누구에게도 하지 않았던 얘기를 이선우에게 했다. 내 역겨움 을 표현하기엔 한참 모자라지만 이럴 때 두루 쓰 여온 그 말을 썼다.

그 단어를 입에 올릴 때 내 표정과 눈빛이 어 땠는지 나는 모른다. 다만 나 또한 이선우의 어떤 것을 건드렸다는 것을 안다.

이선우는 알고 있었다. 내가 멈추지 않고 자신 한테 직진해 갈 것이라는 것을. 그리고 그날 새로 알게 된다. 내가 스스로의 행동에 대해 갖게 될 생각이 일반적인 수준의 죄책감을 벗어난 것임 을. 이선우 자신을 사랑하게 되는 순간 내가 분열 되어버릴 것을, 몸을 갈라버릴 수도 있는 혐오와 증오를 안은 채 자폭할 것을, 그래서 자신 또한 같이 찢겨 나갈 것이라는 걸 알아버린다.

*

이선우의 얼굴이 기억난다. 무언가를 잃어버린 것 같던 얼굴이. 10대 초반의 아이가 서른일곱의 남자가 될 때까지 붙들어온 무언가를, 마침내 잃어버린 것 같던 그 표정이 기억난다.

구청 앞길에서 헤어지기 전 이선우가 그 말을 했던 것이 기억난다. 미움의 감정 또한 영원하지 않았다고. 자신에겐 그랬다고. 영원할 것만 같은 감정 속에 포박되어 사는 나한테, 그 와중에도 이선우라는 남자가 그런 말을 하던 것이 기억난다. 그 말을 끝으로 어색하고 쓸쓸하게 웃던 것이 기억난다. 그날 이후로 미묘하게 달라지던 대화창의 공기가 기억난다.

내가 그에게 얼마나 큰 혼란을 줄 수 있는지 알아버린 그날 이후로 나는 이선우가 더 중요해져버렸는데, 달려오던 이선우가 속도를 줄이려고 한다. 멈추려고 한다.

나는 받아들이지 못한다. 이선우가 망설이는 것을. '그럼에도 불구하고' 기꺼이 달려와 나를 껴

안지 않는 것을. 나는 지구에서 가장 뜨거운 변온 동물이 되어가고 있는데 이선우가 다시 콩국수를 먹자고 하는 것을. 작가와 경찰관 사이로 돌아가고 싶어 하는 것을. 어정쩡한 것을. 뜨뜻미지근한 것을. 그런 채로도 계속 보길 원하는 것을.

어느 날 밤 나는 생각한다. 이선우가 한 걸음만 더 물러서면 내가 견디지 못할 거라는 걸, 다른 것을 다 견뎌도 거부당하는 것만은 견디지 못하리라는 걸, 내가 그런 사람이라는 걸 생각한다.

어느 날 밤 나는 확인한다. 이선우가 수면 아래로 숨어버린 것을 확인한다.

하루가 지나도 나타나지 않는다.

이틀이 지나도 나타나지 않는다.

사흘째, 나는 붕괴된다.

여기서 하루만 더 지나면 나는, 이선우에 대한 원망과 갈망으로 돌아버리게 될 거라고 생각한다. 무슨 일을 저지를지 나도 모른다고 생각한다. 나는 나를 못 믿어. 애초에 면역력이나 안전망 따위가 나한테 있었던가? 너의 거부로 이제 나는 완벽하게 무가치해졌다. 너로 인해 나는 정말로 무가치한 수진정이 되었다. 이런데도 내가 너를 용서할 수 있을 것 같아?

*

근린공원 걷기 트랙을 따라 아카시아 꽃이 피어났다. 공원마다 이팝나무 꽃이 구름처럼 피어났다. 일주일에 두어 번은 여름처럼 낮 기온이 올랐다. 사람들은 마스크를 벗고 선글라스를 썼다. 횡단보도 앞에 설 때마다 나무 그늘 아래를 찾았다.

꽃샘추위 같은 게 다시 올 리가 없기에 나는 봄 외투들을 세탁소에 맡겼다. 등교하는 아이의 책가방에 얼음물을 넣어주었다. 아파트 현관을 걸어 나올 때마다 앞 동 외벽에 서 있는 느티나무를 건너다봤다. 느티나무가 10년 전에도 저 높이였던가 생각했다. 불과 두세 달 전만 해도 맨 가지였던 것을 생각했고, 저렇게 잎이 무성해지는 동안 나에게 무슨 일이 일어났는지를 생각했다.

이선우라는 사람이 있는지도 모르는 채로 이

동네에서 10년을 살았던 것을 생각했다. 그러니 이선우와 닿아 있지 않은 하루하루가 무슨 대수인가. 모든 SNS 활동을 중단했다. 사진을 없애는 짓조차 하지 않았다. 아무것도 건드리지 않았다. 반 엄마들 단톡방의 메시지가 5백 개가 넘어가도 확인하지 않았다. 몇 번이고 이선우의 SNS에 들어가보고 싶었지만 그 또한 하지 않았다. 이선우를 차단했다. 5분 만에 다시 차단 해제를 했고, 다시 차단을 했고, 나에게 휴대폰이 있다는 게 미치겠어서 휴대폰을 침대 매트리스 밑에 끼워버리고 건드리지 않았다.

이선우 너는 어디서도 내 기척을 느낄 수 없어야 한다. 5분 거리에 내가 있다는 걸 믿을 수 없게 되어야 한다. 이 하늘 아래 내가 숨 쉬고 있다는 어떤 실감도 할 수 없어야 한다. 나는 그게 너에게 고통을 줄 거라는 걸 알고 있으니까. 나는 너에게 고통을 주어야겠으니까.

5월 하순의 일주일 동안 아이는 단기 방학을 했다. 나는 카페에 없었고, 주말을 끼고는 가족 여행을 갔다. 튤립이 색깔별로 피어 있는 놀이공원에서 윤소은과 나와 윤지욱은 츄러스도 사먹고 사진도 찍고 놀이기구에 나란히 앉아 비명도 질렀다. 맛집 앞에 줄을 서고, 줄이 너무 길어 윤소은과 나는 쎄쎄쎄를 하고, 윤지욱은 그걸 휴대폰으로 찍고, 가족 단톡방에 올리고, 친정 엄마가 답글을 달고, 분수대 물이 막 솟구치려고 할 때에, 뿜어 오르기 직전에 막 아슬아슬할 때에, 윤지욱이 아이를 안고는 우와— 하면서 그 사이를 막 달려가는데 아이는 그 스릴이 너무 즐거워 깔깔거리고 그들이 저쪽으로 건너간 그때에, 분수대 물이 하얗게 뿜어져 올라서 나는 잠시 혼자가 된다. 잠시 울 수 있다.

*

아이와 남편이 나란히 잠들어 있는 여행 숙소에서 나는 그날 이선우가 내 엄마를 두둔하던 것을 생각했다. 엄마한테 그런 표현을 쓰는 나한테 화를 내던 것을 생각했다. 내가 할 수 있는 게 고작 이런 것인 걸 생각했다. 그러니 되었다고 생각했다.

나를 봐준 것으로 되었다. 내 하루의 안부를 물어준 것으로 되었다. 좋은 글을 쓰라고 말해준 것으로 되었다. 나한테 흔들려준 것으로 되었다. '그래도 아직은'일 때 나한테 다녀가준 걸로 되었다. 여행을 와서도 남편과 나는 오누이처럼 잠만 자는데, 나를 안고 싶은 마음을 미처 다 감추지 못하던 그 눈빛만으로 되었다. 그렇게 나를 봐준 것만으로도 되었다고. 고맙다고. 고마워서 죽을 것 같다고.

*

집으로 돌아오는 차 안에서 윤지욱이 운전을 하다가, 백미러로 뒷좌석의 나를 힐끗 쳐다본다. 보면 어쩔 건데.

*

연등이 걸렸던 경찰서 담으로 장미가 선명하게 넘어오던 어떤 날에, 이선우가 카페 앞까지 왔다가 갔다. 내가 보고 싶어서. 점심시간에, 열두 시 16분에. 내가 자신을 본 것을 모르는 표정으로 다시 경찰서로 돌아갔다.

*

카페 앞 회화나무는 잎이 완전히 무성해져서 이젠 대각선 쪽 상가 건물이 보이지 않는다. 흰 횡단 선이 그려진 이면도로 사거리만이 내려다보인다. 잠을 잘 자지 못하는 채로 하루를 보낸다. 얘기할 사람이 생긴 이후로, 그러니까 이선우와 친해진 이후로 약을 먹지 않았는데 나는 다시 약을 먹는다. 그래도 잠을 잘 자지 못한다. 멍한 채로 노트북 앞에 앉아서 카페 앞 사거리만을 내려다본다. 아기띠를 하고 걸어가던 여자가 넘어질 뻔하는 것이 보인다. 만둣집 차가 후진을 하는 것이 보인다. 순찰차가 지나간다. 똑같은 유니폼을 입은 사람들 서넛이 길을 건너고, 만 원짜리 지폐 다발을 들고 신문 구독을 권유하는 사람 옆에, 회양목 화단 앞에, 누군가가 서 있는 것이 보인다.

이선우다. 이선우가 서서 나를 올려다보고 있다. 통나무처럼 서서 나를 보고 있다. 밥을 이틀쯤 굶은 것 같은 표정으로. 불면과 원망이 뒤범벅된 얼굴로.

나는 이선우를 똑바로 내려다보면서 천천히, 블라인드의 끈으로 손을 가져간다. 이선우가 선 채로 메시지를 보낸다. '블라인드 내리지 마요.' 하지만 나는 눈앞에 있는 이선우를 못 견디겠어서, 못 참겠어서, 블라인드를 내린다. 완전히 내려 버린다.

*

사진 속에는 차체의 반 이상이 일그러진 순찰차가 있다. 몇 년 전 지구대에 근무하던 한 경찰관은 차도에 화물이 떨어져 있다는 신고를 받고 제2자유로로 나간다. 수습을 위해 갓길에 정차했을 때, 졸음 운전을 하던 25톤 레미콘이 순찰차를 향해 달려온다.

동료들이 사고 현장에 도착했을 때 순찰차는

레미콘 밑에 거의 구겨진 채로 깔려 있었다. 그 안에 이선우가 있었다. 이선우는 두 발로 사고 차에서 걸어 나왔다. 몇 걸음을 걸었고, 쓰러졌다. 걸어 나온 것도 쓰러진 것도 모두 이선우의 기억에 없었다. 다음 날 병원에 찾아온 동료들이 부서진 순찰차 사진을 보여주고서야 이선우는 그날 어떤 일이 있었는지를 알았다. 차가 반파됐음에도 자신은 손가락 하나 부러지지 않았다는 걸 알았다.

그 사고 이후였다. 이선우의 어떤 부분이 바뀐 건. 어린 시절부터 자신을 지배하고 있던 어떤 태도를, 착한 아이여야만 스스로 견딜 수 있었던 자기 집에서의 하루하루를, 이선우는 그 사고 이후로 하루에 한 날씩 버렸다. 버리려고 노력했다. 노력해도 아이는 되돌아왔다. 착한 아이는 때때로, 자신에게뿐 아니라 타인에게도 안 좋았다. 이선우는 말했다. 여전히 버리지만 여전히 되돌아온다고.

아산에서 올라오기 전 이선우는 메일과 함께 그 사고 사진을 나에게 보냈다. 중요한 기점마다 꺼내 보았던 사진을 발송하고 고속도로를 달려 나를 만나러 왔다. 그런 마음으로 달려왔지만 이제 이선우는 나를 만날 수 없다.

내가 블라인드를 완전히 쳐버려서, 이제 이선우가 나한테 정말로 연락할 수 없게 되었다는 걸 알면서도 나는 블라인드를 내리지 말라고 했던 이선우의 말 때문에, 다음 날부터 블라인드를 내리지 못한다. 6월의 따가운 햇볕이 전면으로 쏟아지는데, 이선우가 다시 거기 서서 나를 올려다볼 리가 없다는 것을 알면서도 나는 블라인드를 내리지 못한다. 옆자리 손님이 눈치를 줘도 내리지 못한다. 노트북 화면이 하나도 보이지 않는데, 흰 한글창에 내 얼굴이 비치는데, 내리지 못한다. 내리지 못하고 쓴다. 내 얼굴을 보면서 쓴다. 벌을 받으면서 쓴다. 애초에 이선우를 만나게 된 것도 이 글을 쓰기 위해서였으니까, 낯선 사람이 두어 달 만에 일으켜버린 이런 돌풍쯤, 내가 이 소설을 쓰는 중에 일어난 많은 일들 중 하나일 뿐이라고, 그렇게 생각하면서 쓴다. 나무를 보면서 쓴다. 잎이 무성해져서 가지가 하나도 보이지 않는 게 다행이라고 생각하면서 쓴다. 나는 나무를 얼마나 좋아하는지. 나무에 매달려서 죽고 싶을 만큼 나무가 좋아. 집에서도 카페에서도 동네 어디를 가도 이 동네 말고 다른 동네를 가도 어디에서나 나무가 보이고 나는 나무를 보면서 쓴다. 사거리로 지나다니는 숱한 사람들을 노려보면서 쓴다. 저 평범해 보이고 무던해 보이는 사람들이 무엇에 웃고 무엇에 눈물을 흘리고 무엇을 누르고 사는지 모르겠어서. 알 것 같았는데 모르겠어서. 내 이야기가 저들에게 가닿는 길은 왜 이렇게 먼 건지, 어떤 경로가 더 있는 건지 왜 나한테는 닫혀 있는지. 내가 쓴 것들이 우스워서, 같잖아서, 노트북으로 카페 유리창을 박살 내버리고 싶은 마음으로 쓴다. 냉장고 야채칸에서 오이가 물컹해질 때까지 쓴다. 남편한테 지랄하면서 쓴다. 지랄을 안 하면 몰라. 가만히 있으면 다 당연한 줄 알아서. 내 딸이, 편지에 자꾸 노력하겠다고 쓰는 게 마음이 아파서, 사랑한다고만 쓰면 되는데 자꾸 노력하겠다고 해서, 착한 딸이 되도록 노력하겠다고 해서, 미안하다고 해서, 아프면 투정을 부리는 게 아니라 나한테 미안하다고 해서, 잠든 딸을 보면서 울고 난 날은 더 이상 지랄할 힘도 없어서, 그냥 쓴다.

*

　24번 마을버스가 달리는 길을 따라 진분홍색 피튜니아가 내걸린다. 관공서용 꽃들이 어린이박물관과 경찰서 길을 따라 색색으로 조경된다. 마트 뒤의 큰 사거리를 지날 땐 보도에 우두커니 서서 좌회전 표지판을 쳐다본다. 표지판에 나란히 쓰인 이름 두 개를 읽어본다. 경진경찰서. 해릉마을 10단지. 이선우와 내가 얼마나 가까운 곳에 있는지를 생각한다. 그리고 받아들인다. 5분 거리에서 하루를 보내고 있다는 걸 알아도 어쩌지 못하는 관계가 있다는 걸 받아들인다. 보고 싶은 강도가 같은 걸 서로 알아도 누구도 먼저 연락할 수 없는 관계가 있다는 걸 받아들인다.

　그래도 해가 방향을 바꿀 때는, 글을 쓰다가 문득 해의 방향이 바뀌어 있는 것을 알게 될 때는,

아침 해가 저쪽으로 넘어가서 블라인드 그림자도 회화나무 가로수의 빛깔도 달라진 걸 알게 되는 늦은 오후에는, 이선우 니가 보고 싶어서 한참씩 장기가 쓰려온다. 노트북 앞에 앉으면 오롯이 나라서 어떻게 할 수도 없을 만큼 니 생각이 몰려오고, 그런데 그 안엔 다른 세계가 있어서 글을 쓰는 순간에는 또 너를 잠시 잊을 수 있고, 쓰다 보면 결국 나라서 다시 너를 만날 수밖에 없다.

내가 좀 괜찮은 날은, 옷도 마음에 들고 가방도 가볍고 잠도 좀 잔 날은 너랑 우연히라도 길에서 마주쳤으면 좋겠다는 생각을 한다. 그런데 내가 아주 별로인 날은, 아이 학원 가방을 들고 3초 남은 횡단보도를 전속력으로 뛰고 있거나 간고등어가 든 장바구니를 들고 땀을 흘리며 걷고 있는 날은 우연히라도 널 만나면 혀를 깨물어버리겠다고 생각한다. 카트를 밀고 마트 주차장을 가로질러 가는 주말에는, 여기가 니가 자주 가는 마트라고 했으니까, 혹시 저 많은 차들 중 한 곳에 니가 앉아 나를 볼까 싶어서 걸음을 멈출 때도 있다.

순찰차가 지나가면 차가 코너를 돌 때까지 끝

까지 쳐다본다.

어떤 날은 마을버스도 타지 않고 걷지도 않고 공공자전거만 타고 이동한다. 근린공원 사거리 참에 자전거를 세우고 윗동네로 이어지는 고가를 바라본다. 6월은 얼마나 더운지. 어느 오후에 나는 태권도 도복을 허리춤에 묶고 아이스크림을 물고 산책로를 내달리는 남자아이를 본다. 그 아이를 보면서 너를 생각한다. 니 메시지 속의 '수진 씨 가정'이라는 말을 생각한다. 그 말 속에 너의 어린 시절이 들어 있었다는 걸 안다. 니가 한 걸음만 더 가면 내가 너에게로 넘어질 걸 알았을 때, 니가 한 아이의 어린 시절을 뒤흔들 수 있는 힘을 가졌다는 걸 깨달았을 때, 니가 10단지 쪽 하늘을 보며 어떤 마음이었을지를 생각한다. 니가 그런 마음일 수밖에 없는 사람이라는 걸 생각한다.

등교 시간이면 부스스한 머리로 아파트 정문 앞을 오가는 여자들을 쳐다본다.

손을 잡고 걸어가는 부부를 보게 되는 날은 한없이 외로워진다.

이 작은 동네에서 단 한 번도 너와 우연히 만나지지가 않는다. 얼마나 다행인 일인지. 이렇게 생으로 떨어져 있다가 다시 얼굴을 보면 그땐 어떤 물로도 꺼질 수 없는 불이 될 것을 안다. 끝까지 태워야만 꺼질 불이 될 것을 안다.

니가 다시 문서 기안과 사격 훈련의 세계 속으로 돌아갔다는 것을 안다.

'경진시에 사는 수진 씨에게'로 시작되는 메일을 읽고 잠이 드는 날은 그래도 어쩔 수 없이 니 꿈을 꾼다. 니가 나를 못 잊는 꿈. 니가 나한테 먼저 연락하는 꿈. 니가 나한테 들어오는 꿈. 그 꿈에서 너는 한 번도 빠짐없이 내 안으로 니 전부를 밀고 들어온다. 혼자 오르는 날은—난 요새 늘 혼자 하니까— 마지막 순간에 니가 밀려와서, 몸을 떨면서 운다. 오르가슴의 순간에 운다는 게 어떤 것인지 너 때문에 알게 된다.

어떤 꿈은 꾸는 것이 아니라 시달리는 것이다.

잠들지 못한 새벽에, 누구도 깨지 않은 어느 새벽에 나는 엘리베이터를 탄다. 잠옷에 카디건만 걸치고 맨발에 슬리퍼만 꿴 채로 밖으로 나간다.

아무도 없는 놀이터로 간다. 휴대폰을 켠다. 초봄에 시작해 늦봄에서 멈춘 이선우 너와의 대화창을 본다.

'안녕하세요. 경진경찰서 이선우 경사입니다.'

그 말로 시작된 대화창을 본다. 손가락을 한 번만 꾹 누르면 너와 주고받은 모든 말들이 사라질 것이다. 나에겐 마지막 한 장면이 남아 있다. 쓰지 않으면 완성될 수 없는 하나의 조각이 남아 있다. 그걸 쓰기 위해 니가 필요했지만 이젠 너와 주고받은 말들을 지워야만 그걸 쓸 수 있다는 걸 안다. 도망가고 싶지만 그럴 수 없다는 걸 안다. 10년 동안 그 한 조각을 미뤄왔지만 이젠 그럴 수 없다는 걸 안다.

'이 대화창을 정말 나가시겠습니까?'

그 질문이 세 번 정도 되풀이된 후에 나는 '예'를 누른다. 한순간에 모든 대화들이 사라지는 것을 본다. 차로 가서 시동을 건다. 아파트 단지를 빠져나와 니 오피스텔 앞에 차를 세운다. 이선우 니가 너무도 선명한 한 점으로 존재하는 허공을 바라본다. 하늘빛이 조금씩 옅어지는 것을 보다

가 나는 다시 차를 출발시킨다. 고가를 타고 외곽
순환고속도로로 들어선다. 양주로 간다.

*

화장대가 있다. 침대가 있다. 장롱과 세트인 서
랍장이 있다. 서랍장은 한 단씩 분리가 돼서 그때
그때 배치를 다르게 할 수 있다. 한 단이나 두 단
으로 하면 좌식 화장대가 되고 네 단이나 다섯 단
으로 쌓으면 서랍장이 된다. 몇 년에 한 번씩 배
치를 다르게 하면서 엄마는 장롱과 서랍장 세트
를 30년 가까이 써왔다. 어떤 주기로 배치를 다르
게 했는지는 알 수 없다. 높았던 서랍단을 해체해
길게 배치하면 벽이 시원해졌고 다시 쌓아 올리
면 방이 넓어졌다. 그래서 엄마가 배치를 바꾸면
안방에 들어설 때마다 나도 덩달아 새로운 기분
이 되었던 것이 기억난다.

동생들과 나는 우리의 침대를 갖기 전까지 툭
하면 안방 침대에 가서 뒹굴었다. 거기에서 과자
를 먹고 책을 보고 낮잠을 잤다. 우리가 안방이라

고 부르던 그 방에는 장롱이 있고 거울이 있고 옷
걸이가 있고 침대가 있고 화장대가 있고 창문이
있고 커튼이 있었다. 엄마는 아빠가 죽고 나서는
16년 동안 한 번도 가구 배치를 바꾸지 않았다. 아
빠가 죽고 그 여자가 사라진 그해 이후로 한 번도.

아빠가 떠난 이후로 나는 엄마가 없을 때 이 방
에 들어와 오래 머문 적이 없다. 하지만 지금, 나
는 엄마가 집에 없는 시간을 틈타서, 화분 받침대
밑에서 열쇠를 찾아 문을 열고는 주인 없는 방에
들어와 있다. 잠옷에 맨발로. 휴대폰과 차 키를
양손에 움켜쥐고서.

아침 빛이 눈을 찔러와 커튼을 쳤다. 시간을 확
인했다. 새벽에 우체국 건물로 나간 엄마가 로비
바닥을 다 닦고 2층 청소를 시작했을 시간이었
다. 화장대 위로 미처 전원을 빼지 않은 드라이어
가 보였다. 사기병 안에는 가늘고 짧은 파마머리
가 뒤엉킨 원형 빗 여러 개가 꽂혀 있었다. 그 옆
으로 찍찍이 구르프들, 손가락보다 짧은 화장품
샘플들, 염색약, 클렌징 크림통, 고지서, 돋보기.
거울에 걸린 '혈관청소 10계명' 옆으로는 내 딸

이 만든 색종이 카네이션이 붙어 있었다. 나는 그런 것들이 널려 있는 화장대와 서랍단 위를 노려보다 서랍을 하나씩 열어젖혔다. 각종 행사와 단체명이 쓰인 새 수건들이 한 서랍 안에 가득했다. 나는 작년 연도가 새겨진 수건 하나를 펼쳐 들었다. 누군가는 암으로 죽고 누군가는 뇌졸중으로 쓰러지고 또 누군가는 쥐도 새도 모르게 사라진 그 친목회는 여전히 매해 수건을 나눠 가지면서 유지되고 있었다.

남편한테서 계속 전화가 걸려왔다. 휴대폰을 아무 데나 던져버리고 주방으로 갔다. 냉장고 문을 열었다. 열무김치 통을 꺼내서 바닥에 놓고는 열무 하나를 씹어 먹었다. 엄마의 김치는 얼마나 맛있는지. 나는 매해 엄마가 해주는 김치를 받아먹는다. 윤 서방이랑 둘이 받아먹는다. 혼자 살면서 새벽에 일을 나가는 60대 여자의 냉장고엔 먹을 게 열무김치밖에 없다. 명절 때와 우리 생일때와 아빠 제사 때 빼고는 김치밖에 없다.

나는 거실 벽에 걸려 있는 내 대학 졸업식 사진 앞으로 갔다. 아빠가 죽고 1년도 안 지났을 때라 모두의 표정이 엉망인 사진이었다. 엄마는 왜 동생들 졸업 사진을 놔두고 저맘때 사진을 집 중앙에 걸어놓고 있는 것일까. 대체 무슨 생각으로? 나는 집 안을 돌면서 문들을 하나씩 열어젖혔다. 녹 냄새와 배설물 냄새가 섞여 들어왔다. 양주의 냄새였다. 논바닥 위의 컨테이너와 컨테이너 옆의 축사와 축사 건너편의 군인들이 뒤섞인 냄새. 양주 사람들만 못 맡는 양주 냄새. 나는 양주에서 가장 멀리 가려 했던 자식이었다. 나는 삼 남매 중 부모한테 대학 등록금을 거의 다 원조받은 유일한 자식이었다. 그런데도 나는 동생들보다 돈을 훨씬 못 벌고, 거의 못 벌고, 내 힘으로 엄마한테 다달이 2-30 부치는 것도 너무 힘이 들고, 그런데도 무엇을 하려는 것인가, 생각하면서 나는 겨울에도 난방을 하지 않는 작은방을 찾아 들어갔다.

거기에는 라면 이름과 과자 이름이 적힌 박스들이 있었다. 박스엔 내가 결혼 전에 사귄 남자들과 주고받은 편지와 커플링 같은 것들이 들어 있었고 졸업 앨범 여러 개가 쌓여 있었다. 나는 양주여고 졸업 앨범을 꺼냈다. 내 졸업 앨범이 아니라 내가 교생 실습을 한 다음 해의 졸업 앨범, 일부러 구해 놓았던 앨범, 그러니까 그 여자의 딸이 졸업한 해의 앨범을 꺼냈다. 꺼내서 그 애의 얼굴을 들여다봤다. 나는 그 애가 지금 어디에 사는지 어떤 일을 하는지 모른다—나보다 좋은 대학을 갔다는 것까진 안다. 소설 같은 걸 읽고 사는지, 결혼은 했는지, 그런 걸 아무것도 모른다. 하지만 매일 자신의 엄마 생각을 하고 있을 거라는 건 안다. 16년이 지났지만 여전히 현재형으로. 살아 있다는 흔적도 없고, 죽었다는 증거도 없고, 그러니 어쩌지도 못하고 살고 있을 것이다. 경찰청 실종자 데이터베이스에 가족 이름을 올린 사람으로 살고 있을 것이다. 신원불상 변사자가 나올 때마다 경찰서에서 연락을 받을 것이다. 땅으로 꺼졌나, 밀항을 했나, 묻었나 누가, 자백을 하지 않는 이상, 경찰이 신도 아니고, 주변 사람들이 때마다 지껄이며 소설을 쓰고 있을 것이다. 생사를 알 도리가 없는 채로 16년이 흐르는 게 어떤 건지 나는 모른다. 어디서도 흔적이 잡히지 않은 채로 누군가의 16년이 흐르는 게 어떤 건지 모른다.

　이곳에서 사라지는 동시에 이곳을 장악해버린다는 것. 그게 얼마나 엄청난 것인지만 안다.

*

　천장 무늬를 보니 안방인 듯하다. 눈이 신 걸 보니 아직 낮인 것도 같다. 나는 꿈속이 아니라는 걸 실감하기 위해 누운 채로 침을 삼켜본다.

　"뭐가 난 것도 아닌데 몸이 근질근질해 죽겠다."

　커튼도 창문도 열려 있어서 방은 오후 빛에 무방비다. 엄마가 선풍기 앞에 앉아서 옷을 펄럭이고 있다. 얼굴을 긁는다. 목도 긁는다. 늙어서 가려운 거지. 늙어서 면역력이 떨어진 것이다. 그래서 가려운 것이다.

　"친구가 셀 뭐를 먹으면 좀 낫다고 해서, 그걸 종이에 적어서 홈플러스를 찾아가는데……."

　나는 상황 파악을 위해 상체를 일으킨다. 양주여고 졸업 앨범을 안은 채로 안방 침대에 누워 잠깐 잠이 들었던 것 같다. 내가 뒤진 흔적 그대로 엄마의 서랍들이 열려 있다. 열무김치 통도 뚜껑이 열린 채 주방 바닥에 그대로 있다.

"손목이 아파서 자다가 몇 번을 깨는 줄 아냐. 걸레를 힘주어 짜지 말라는데 안 짤 수가 있어?"

말끝과 고개를 동시에 들어 올리며 엄마가 내 몰골을 번개같이 훑는다. 내가 한 짓들을 보란 듯이 그대로 펼쳐두고는, 잠옷 차림으로 쳐들어온 내 이상 행동에 대해서는 입을 닫은 채, 엄마는 이 사태를 간만 보고 있다.

"60 넘어가는 게 아주……."

나는 육체노동의 피로에 절어 있는 늙은 여자의 얼굴을 쳐다본다.

"60이 넘어가니까, 신기할 정도로 골고루 아파."

당신도 나한테 궁금한 게 있을 텐데.

"너도 지금부터 몸 관리해라. 쓸데없는 거 먹지 말고. 운동하고. 얼굴에 비싼 크림도 사다가 좀 처바르고."

나는 알 수가 없어서 엄마를 계속 쳐다본다. 엄

마가 어디까지 알고 있는지 알 수가 없어서, 아니, 알 것 같아서, 아니, 처음부터 알았으니까, 아니, 여전히 알 수가 없어서, 엄마의 얼굴을 뚫어버릴 것처럼 쳐다보다가 한마디 한다.

"좋아?"

"……"

"살아 있으니까 좋으냐고."

*

나는 좋지 않은 상태가 된다. 엄마를 보고 온 나는 좋지 않은 상태가 된다. 눈에 보이는 모든 것들이 거슬린다. 1년 365일 중에 단 하루 아침을 비웠는데 윤지욱이 문자 폭탄을 날리는 게 거슬린다. 멸치와 김치가 냄새를 풍기며 식탁에서 말라가는 게 거슬린다. 과자 봉지가 거실 바닥에서 굴러다니는 게 거슬리고 윤소은이 가방을 아무 데나 던져놓은 게 거슬리고 발 디딜 틈 없이 인형을 늘어놓은 게 거슬린다. 양주에 다녀온 저녁, 내 눈앞엔 윤지욱이 없고 윤소은만이 있다.

나는 소파에 구겨져 있는 윤지욱의 바지를 집어 윤소은한테로 내던진다. 소리 지른다. 거실이 니 놀이방이야? 인형들을 걷어찬다. 빈정댄다. 꼬투리를 잡는다. 그러다 변명하고, 내가 죽을까? 내가 죽으면 정신 차릴래? 위협한다. 니 인생 너무 뻔해! 예언한다. 윤소은이 내 말 폭탄을 뒤집어쓰고, 그 큰 눈에 겁을 집어먹고 떨면서, 굵은 눈물을 걷잡을 수 없이 뚝뚝 흘린다. 나는 니가 얼마나 좋은지. 나한테 타격을 입는 니가. 내 말 한마디에 베이고 마는 니가 얼마나 좋은지 나는!

*

집 안의 불을 모두 끈다.

내 딸이 나한테 다치고 잠든 밤은 18층 낙하 충격으로도 이 마음을 다 부수지 못할 것 같다. 사물들이 조금이라도 보이면 내가 위험해질 것 같다.

식탁에 앉는다. 노트북을 연다. 내 엄마와 내 딸 사이에서 무언가를 뒤집어쓴 지금이 아니면 말하지 못할 것 같아서. 지금 시작하지 않으면 마흔아홉이 되어도 마지막 조각을 쓰지 못할 것 같아서. 나는 쓰기 시작한다. 한 시간이 지난다. 커서만이 깜빡인다. 두 시간이 지난다. 눈에서 실핏줄이 터지는 게 느껴진다. 세 시간이 지난다. 여전히 커서만이 깜빡인다. 도어록 비밀번호 누르는 소리가 들린다. 윤지욱이 들어온다. 흐느적거리며 들어오다가 흠칫 놀란다. 모니터 불빛을 받은 내 얼굴이 식탁 위에 떠 있는 걸 본 것이다. 며칠간 잠을 못 잔 핏발 선 얼굴을 본 것이다. 나는 고개를 모니터에 그대로 둔 채 눈만 치켜뜨고 윤지욱을 쳐다본다. 언제나 모든 상황이 종료된 뒤에 들어오는 윤지욱을 본다. 오늘만은 조용히 들어가 자길 바라는 마음으로 나는 다시 모니터를 본다. 하지만 윤 서방은 술을 좀 걸쳤다. 급작스러운 오전 반차로 일에 손해를 본 것이 못내 못마땅하다. 윤지욱이 뭐라고 뭐라고 떠든다.

"니가 10년 동안 나한테 쥐어준 게 음식물쓰레기봉투밖에 더 있냐?"

저것은 윤지욱이 즐겨 쓰는 말이다. 결혼 7년

차에 윤지욱은 이렇게 말했다. 니가 7년 동안 나한테 쥐어준 게 음식물쓰레기봉투밖에 더 있나? 이제 곧 새로운 폴더 이름을 말할 것이다.

"까놓고 말해서, 니가 나한테 내조다운 내조 한 번 해준 적 있나?"

나는 그냥 모니터만을 본다. 말하다 보니 탄력이 붙어서 이제 윤지욱은 쌓아두었던 불만들을 쏟아낸다. 떠들고 떠든다. 전희가 귀찮아 딸이나 치는 새끼가 말이, 말이 너무 많아. 윤지욱은 계속 말하고, 감정을 타고 타고 말을 쏟아내다가, 결국 그 말을 한다.

"차라리 일을 해!"

나는 그제야 모니터에서 고개를 든다.

"소은이랑 내가 너 때문에 얼마나 더 피가 말라야 돼. 우리가 너 때문에 얼마나 더 힘들어야 되냐고!"

그 말과 함께 집은 정적에 휩싸인다.

나는 입술을 문다.

눈물이 쏟아져 나올 것 같아서 입술을 물고 제일 가까운 방문 쪽으로 고개를 돌린다.

내 책장의 제일 안쪽에는 10년 전의 1월 1일 자 신문이 있다. 이제는 누렇게 된 신문. 내 등단 작이 실린 신문. 당선 연락과 함께 신문사에서 는 프로필로 쓸 사진을 하나 보내달라고 했다. 겨 울인데도 포근하고 해가 좋던 주말이었다. 윤지 욱과 나는 백일이 갓 넘은 윤소은을 유모차에 태 우고 산책을 나갔다. 어린이 도서관 쪽으로 갔을 때 윤지욱이 나에게 벽으로 서보라고 했다. 색깔 이 예쁜 도서관 벽에 서서 찍으면 사진이 잘 나올 것 같다고. 윤지욱은 그날 내 사진을 여러 장 찍 었다. 나는 사진을 찍을 땐 늘 억지로 웃곤 했지 만 그때는 애쓰지 않아도 잘 웃을 수 있었다. 등 단을 했으니까. 정말로 글을 쓸 수 있게 되었으니 까. 직장을 다니면서 틈틈이 습작을 하고 철마다 응모를 했다. 결혼 계획이 없는 상태에서 갑자기 아이가 생긴 걸 알았을 때 나는 어쩌면 글을 쓰면 서 살 수 없을 거라고 생각했다. 결혼 날짜를 잡 고 신혼집을 구하고 식을 치르고 은정으로 이사 를 온 일들이 모두 순식간에 일어났다. 만삭 때까 지 다듬고 다듬었던 소설로 드디어 당선 연락을 받았을 때 나는 그저 모든 게 고마웠다.

　그리고 10년이 지났다. 10년이 지나고 이런 밤이 되었다. 윤지욱이, 정수진 작가님, 여기 보세요 작가님, 이렇게 예뻐도 되는 거야? 라며 사진을 찍어주던 윤지욱이, 노트북 앞에 앉아 글을 쓰고 있는 나한테 일을 하라고 말하는 그런 밤이 되었다. 글을 쓰면서 살아야겠다고 생각한 스물세 살 이후로 내 정체성은 언제나 글 쓰는 사람이었다. 그것 말고 다른 사람이고 싶었던 적이 없었다. 다른 사람이었던 적이 없었다.

　절전 모드로 들어가면서 모니터의 빛이 꺼진다. 식탁에 뜬 내 얼굴도 함께 사라진다. 저쪽에서 윤지욱이 숨을 내쉬는 소리가 들린다. 깨문 입술에 힘을 풀면 울음이 소리가 될 것 같아서 나는 힘을 풀지 못한다. 시간이 얼마나 지난 것일까. 거실 창이 조금씩 밝아오고 사물들의 윤곽이 드러난다. 윤지욱이 거실 어딘가에 누워 코 고는 소리가 들린다. 조금이라도 자두어야 할 것 같지만 잠을 잘 수가 없다. 나는 식탁 의자에 멍하니 앉아서 아침이 오는 것을 본다. 방문이 열리고 윤소은이 잠이 덜 깬 얼굴로 걸어 나온다. 욕실로 들어가고 곧 물 내리는 소리가 들린다. 윤소은이 나와서 나를 안아주었으면 좋겠다. 간밤의 내 위협과 예언을 잊고 나를 안아주면 좋겠다. 그래서 한시간이라도 잠들 수 있었으면 좋겠다. 욕실에서 윤소은이 나온다. 나를 보고는 식탁으로 걸어온다. 걸어와서는 아직 졸린 얼굴로 말한다.

"엄마, 수건에서 냄새 나."

*

어떤 꿈은 잠에서 깼을 때가 아니라 한낮에 불현듯 생각난다. 미용실 샴푸베드에 누워 눈을 감고 있을 때나 이면도로 사거리로 갑자기 구급차가 지나갈 때. 내가 앉아 있는 대형 버스가 과속방지턱을 넘을 때. 숲이 검은 물감으로 뒤덮일 때. 나는 내가 간밤에 죽었던 것을 불현듯 떠올린다. 꿈에 시신이 나오면 좋은 꿈이라는 걸 나는 꿈속에서도 알고 있다. 이게 좋은 꿈이길 바라면서 나는 시신이 된 내 몸을 5단 서랍장 속으로 숨

긴다. 서랍을 열고, 다리와 몸통을 넣고, 겨울 외
투 같은 것으로 막 덮으면서, 나는 이걸 서랍 안
에 숨기는 게 얼마나 어리석은 일인지 꿈속에서
도 생각한다. 숲에는 늑대가 가득할 텐데, 걱정하
고 걱정한다.

또 어떤 꿈은 깨어 있는 채로 꾼다. 나는 의자
에 등을 똑바로 대고 앉아서 누군가와 오랫동안
이야기를 나눈다. 그는 글을 쓰는 나에게 소스를
많이 주고 싶어 하는 사람이다. 얼마나 고마운지.
우리는 얼굴을 처음 본 날 실종과 가출에 대한 이
야기를 나눈다. 장기 실종 혹은 완전 가출에 대해
서. 그 말의 차이를, 나는 그에게 묻는다. 참고인
이 피의자가 되는 조건에 대해서 묻는다. 양주서
의 조사실 풍경을 떠벌린다.

또 어떤 장면에서 조사실에 마주 앉아 있는 것
은 엄마와 나다. 나는 엄마에게 따진다. 윤지 엄
마 어디 있냐고. 엄마는 나에게 따진다. 윤지 엄
마 어디 있냐고.

나는 구시렁거린다. 휴대폰을 턱 앞으로 들어
올리고 구시렁거린다. 실핏줄이 터진 눈을 불안

하게 굴리면서. 다리를 떨면서. 버스에 앉은 사람
들이 나를 쳐다본다.

*

　욕실에서 나온 윤소은이 수건에 이어 김밥 얘
기를 하고 나서야 나는 밝아온 아침이 체험학습
당일이라는 것을 알아차린다. 그제야 휴대폰을
열고 반 대표 엄마의 메시지를 확인한다. 후문 분
식집에 부랴부랴 전화를 걸어 김밥을 주문하고—
우엉을 빼달라는 말은 잊는다— 윤소은을 학교
로 먼저 보내고, 정신을 차리기 위해 찬물로 머리
를 감는다.
　머리를 말리지 못한 채로 아파트 정문을 지나
어린이 도서관을 지나 초등학교 정문을 향해 뛴
다. 운동장엔 이미 대형 버스들이 줄지어 서 있
다. 3학년 일곱 개 반 아이들이 반별로 줄을 서고
있다. 나는 막중한 임무를 띠고 있다. 반 대표 엄
마와 함께 반 아이들의 안전을 살피는 것은 물론
아이들의 사진을 찍어 반 엄마들 단톡방에 실시

간으로 올려야 하는 중한 임무다. 정신을 차려야
한다. 나는 눈에 힘을 준다. 손바닥으로 양 뺨을
두드린다. 덜 마른 머리채를 뒤흔든다. 반 대표
엄마가 나에게 괜찮냐고 묻는다. 못 미더운 얼굴
로 나를 살핀다. 나는 괜찮지 않다. 나도 내가 못
미덥다. 다 마음에 들지 않는다. 6월 땡볕에 소풍
을 가는 것도 마음에 들지 않고 장소가 하필이면
능인 것도 마음에 들지 않는다. 내가 폴리스맘인
것도 마음에 들지 않고 애들 속에 섞여 있는 윤소
은의 꼴도 마음에 들지 않는다. 예쁜 야구 모자에
미니 크로스백에 누가 봐도 소풍 차림인 다른 아
이들과 다르게 저 꼴이 무엇인가. 어제 입던 티셔
츠에 다 삐져나온 머리에 누가 봐도 엄마 손을 안
탄 모습을 하고 있다. 그런데도 좋다고 웃고 있
다. 자기 엄마가 폴리스맘인 게 자랑스러워서 못
참겠다는 얼굴을 하고 있다. 나는 휴대폰을 들고
아이들의 사진을 찍는다. 아이들은 내가 찍는 사
진이 자기 엄마한테 전달될 걸 잘 아는 표정으로
손가락 브이를 하고 팔로 하트를 그린다. 사진에
안 찍히는 아이가 있으면 안 된다. 그러면 그 엄

마는 상심을 할 것이다. 나는 눈에 더욱 힘을 준다. 실핏줄로 금이 간 눈에 더욱 힘을 준다. 아이들이 버스에 타서 앉은 모습까지 모두 찍는다. 버스 일곱 대가 학교 정문을 천천히 빠져나간다. 해릉마을 10단지를 지나고 경진경찰서를 지나고 근린공원 사거리에서 좌회전을 하고 다시 능 방향으로 우회전을 한다.

버스는 왜 이렇게 긴 건지. 버스가 방향을 틀 때마다 나는 울렁거린다. 커튼은 창문보다 한 뼘씩 모자라고, 자꾸 뭐가 보이고, 사진 감사하다는 똑같은 메시지가 단톡방으로 줄줄이 올라온다. 며칠 동안 제대로 못 잔 잠이 버스가 움직이자 쏟아지기 시작한다. 창문에 머리를 기대고 졸 때 버스가 이 세상의 것이 아닌 것 같은 속도로 과속방지턱을 넘는다. 가수면 상태에서 몸이 떠오른 순간 선명해진다. 밤새 앉아서도 한 자도 쓰지 못하던 조각들이 막 터져 나온다. 나는 급한 대로 휴대폰의 음성메모 버튼을 누른다. 그리고 구시렁거리기 시작한다. 버스 안에서. 반 대표 엄마도 담임도 나를 이상하게 쳐다본다. 소설 쓰는 건데.

나는 지금 소설을 쓰고 있는 것이다. 나는 제정신이다.

능 입구의 경진시 600주년 기념관 안으로 일행들이 모두 들어가고 나는 빈 버스에 혼자 남는다. 반 대표 엄마의 제안대로 버스에서 휴식을 취한다. 주말농장 터로 감자와 당근 싹이 무성하게 올라온 것이 보인다. 능 구역 너머 저쪽으로 소나무 숲이 어른거린다. 나는 버스 좌석에 기댄 채이 체험학습 일행이 소나무 숲에만은 자리를 잡지 않기를 바란다. 숲으로 흩어져 보물찾기를 하거나 그러지만은 않기를 바란다. 그 두 일만 일어나지 않으면 오늘이 무사히 지나갈 거라고 생각한다. 그런데 두 일이 모두 일어난다.

소나무 숲에 돗자리를 펴고 아이들이 도시락을 꺼낼 때부터 나는 불안해진다. 음식 냄새를 맡으면 숲에 사는 늑대는 더 배가 고파질 텐데. 아무도 늑대 걱정을 안 하는 것을 나는 이해할 수가 없다. 어른들이 모여서 작전을 짠다. 교사들과 반 대표 엄마들과 폴리스맘들 20여 명이 숲에 띠를 두르자고 한다. 띠 밖으로만 안 빠져나가게 하고 아이들을 숲에 풀어놓자고 한다. 보물을 찾게 하자고 한다. 나는 안 된다고 소리친다. 엄마들이 나를 쳐다본다. 담임이 나한테 뭐라 뭐라 말한다. 정년을 앞둔 담임은 나를 며느리 대하듯 은근슬쩍 하대를 한다. 반 대표 엄마한테는 안 그러는데 나한테는 그런다. 나는 늑대가 나타날 거라고 얘기하기가 힘들어진다. 내 불안을 저들에게 설명할 길이 없다.

아이들도 엄마들도 교사들도 숲으로 흩어지고야 만다. 나는 띠에서 이탈하지 못한 채 숨을 죽인다. 윤소은이 숲의 어디쯤을 헤매고 있을지 알 수가 없어 애가 탄다. 첫 소풍 때처럼 윤소은만 바들바들 떨면서 울고 있을 것 같다. 나는 점점 확신에 찬다. 불길한 일이 안 일어날 리가 없다는 확신에 사로잡힌다. 그때 저쪽 소나무 기둥 뒤로 무언가가 지나간다. 검은 형체가, 살아 있는 검은 형체가 지나간다.

옆의 폴리스맘도 그것을 본다. 옆의 반 대표 엄마도 그것을 본다. 검은 형체는 움직이다 멈추고, 움직이다 멈추면서 띠 바깥을 맴돈다. 맴돌면서 나아간다. 네발로 걷고 있다. 주둥이에 무언가를 물고 있다. 옆의 폴리스맘이 비명을 지른다. 옆의 반 대표 엄마도 비명을 지른다. 이것은 꿈이 아니다. 나는 눈에 더욱 힘을 준다. 검은 형체가 무엇을 물고 있는지를 본다. 아이들을 숲 밖으로 내보내야 돼. 신고해야 돼! 나는 검은 형체를 뒤쫓기 시작한다. 내 과거를 들추고 내 아이를 해치러 온 그것을 쫓기 시작한다. 숲은 고함 소리와 스피커 소리로 어지러워진다. 엄마들과 교사들이 둥근 띠를 좁혀가며 아이들을 모은다. 나는 저것이 나 때문에 나타났다고 확신하기 시작한다. 내 구시렁거림이 주문이 되어 저것을 불러들였다고 생각한다. 내가 묻어둔 이야기 때문에. 내가 덮어둔 이야기 때문에. 나를 보러 온 것이니까, 나만 모습을 드러내주면 아이들 쪽으로 가지 않을 거라고 생각한다. 나는 띠에서 점점 멀어진다. 검은 형체와 가까워진다. 형체를 앞지르기도 하고 뒤처지기도 하면서 소나무 기둥 여러 개를 지나간다. 늑대치고는 좀 느린 거 아닌가 하는 생각이 찾아온다. 늑대치고는 좀 멍청해 보이고, 늑대치고는 너무 큰 것 같고, 그런데도 갑자기 몸을 돌려서 돌진해오면 방법이 없을 것 같아서 나는 마음이 졸아든다.

숲 앞쪽의 색깔이 조금씩 달라진다. 빛이 들어오는 쪽으로 빠져나가면 시야가 트인 능 잔디밭이 나올 것이다. 그러면 저것의 정체가 만천하에 드러날 것이다. 저만치에서 아이들을 두른 띠가 숲을 빠져나가는 것이 보인다. 나는 검은 형체와 비슷한 속도로 숲 입구 쪽을 향해 다가간다. 사이렌 소리가 들린다. 따가운 볕이 쏟아지면서 숲을 빠져나왔다고 느낀 순간 경찰들이 띠를 한 겹 더 두르며 체험학습 일행을 감싸는 것이 보인다. 그 안에서 유독 한 아이만이 이쪽을 가리키면서 울고 있다. 비명을 지르면서 울고 있다. 윤소은이다. 엄마 위험해, 엄마 위험해, 하면서 윤소은이 울고 있다. 나는 그제야 내가 어디에 서 있는지를 본다. 너른 잔디밭 위에, 타는 듯한 6월 햇빛 아래, 검은 형체와 나만이 외따로이 서 있다.

아이들과 엄마들과 교사들이 한데 모여 서서 나와 검은 형체를 쳐다본다. 모두들 나를 걱정하며 발을 구르고 있다. 빛이 시야를 가른다. 나는 휘청이며 환영을 잡는다. 모두들 나를 가리키며 수군대고 있다. 야, 누구 엄마야? 윤소은 엄마잖아. 킬킬댄다. 나는 정신을 차리려고 눈을 감는다. 다시 뜬다. 나한테 누가 다가오고 있는지를 본다. 기다란 총구를 겨눈 채, 숨죽인 발걸음으로, 이쪽 잔디밭으로 등장하고 있는 단 한 명의 경찰관을 본다. 검은 형체가 거칠게 숨을 뿜는다. 나는 고개를 돌려 그것을 본다. 늑대가 아니다. 돼지다. 검은 형체가 멧돼지라는 걸 알아차린 순간 나는 내 앞에 나타난 사람이 이선우가 맞다는 것을 받아들인다. 처음 본 그날처럼 청록색 근무복 셔츠를 입고 있다. 이제는 반팔로 바뀐 셔츠가 땀으로 다 젖어 있다. 이것은 꿈이 아니다. 아닐 것이다. 멧돼지가 땅에 코를 박고 점점 내 쪽으로 이동한다. 내 딸이 계속 운다. 뺨에 총을 밀착시킨 채 다가오던 이선우의 눈빛이 흔들린다. 나라는 걸 알아본 것이다. 은정초등학교의 한 학부모가 아니라 나, 정수진이라는 걸 알아본 것이다. 나는 숨을 쉴 수가 없을 것 같다. 이제 너는 나를 쏘겠지.

사격마스터니까 아주 명중을 시키겠지. 확인사살
은 필요도 없을 거야. 나는 비틀거리며 이선우 쪽
으로 한 발을 뗀다. 멧돼지의 기척이 달라진다.
땀이 눈을 찌른 순간 이선우의 총구에서 마취탄
이 날아온다. 멧돼지와 나는 동시에 흔들린다. 이
선우가 더 다가온다. 다시 한 발. 이선우가 더 가
까이 온다. 또 한 발.

　멧돼지가 먼저 쓰러진 건지 내가 먼저 쓰러진
건지는 알 수 없다. 능 잔디밭에서 내가 마지막으
로 본 것은 총을 내던지고 전속력으로 달려오는
이선우의 모습이었다. 내가 있는 쪽으로.

*

　이선우는 경찰 정복을 입고 왔다.
　은정초등학교 강당으로. 감사패를 받으러.
　꽃다발은 두 개였다. 학생들이 준비한 꽃다발
은 1반 반장 아이가 전달했고 학부모들이 준비한
꽃다발은―반 대표 엄마의 제안이었다― 내가
전달했다.

그날 강당의 분위기가 어땠는지가 기억난다. 강당에 모인 수십 명의 여자들이 모두 이선우를 바라보는데, 이선우는 나만을 보고 있다. 나 정수진만. 나만.

강당에 들어오면서부터, 교장한테 감사의 말을 들을 때에도, 레이스튤립과 라넌큘러스 꽃다발을 사이에 두고 마주 섰을 때도, 내가 뒤를 돌고, 강당의 자리로 돌아가 앉은 뒤에도 내내, 이선우의 촉수가 나만을 향해 있던 것이 기억난다. 그것을 온몸으로 느낄 수 있었던 것이 기억난다.

그날 집에 돌아와 나는 정성을 다해서 글 한 편을 썼다. 이선우가 얼마나 좋은 경찰관인지에 대해서. 이선우라는 경찰관과 함께 있을 때면 나도 어쩌면 좋은 작가가 될 수 있지 않을까 생각하곤 했으니까. 그때의 마음들을 담아서 썼다. 누구라도 고개를 끄덕일 수 있도록 플롯에 신경을 써서 썼다. 그리고 그 글을 경진경찰서 홈페이지의 '칭찬합시다' 게시판에 올렸다. 이선우 니가 알지 모르겠다. 그건 내가 너에게 보내는 공개적인 러브 레터였는데.

*

  그리고 아주 더운 여름이 오기 전에, 장마가 막
시작되려던 때에, 나는 복사집의 제일 큰 스테이
플러로도 집을 수 없고 문구점의 제일 큰 집게로
도 집을 수 없는 분량의 파일을 갖게 되었다. —그
중 많은 페이지를 버리겠지만— 일단은 모두 출
력을 해서, 프린터에서 갓 나온 따끈따끈한 종이
다발을 들고 이면도로 사거리로 갔다.

  나는 그런 걸 해보고 싶었다. 내 소설 뭉치를
전단지처럼 들고 서서 지나가는 사람들한테 한
장 한 장 나누어 주는 거. 그런 것도 해보고 싶었
다. 아주 높은 건물 옥상에 올라가서, 은행털이범
들이 현금을 뿌리듯이 내 소설 출력물을 뿌려버
리는 거. 세상을 향해 던져버리는 거. 하얗게 내
던져버리는 거. 내 아이가 봄마다 불어 날리던 민
들레 홀씨처럼, 겨울이면 카페 창으로 날아와 부
서지던 눈송이처럼, 수십 장 중 한 페이지는 누군
가에게로 날아가는 상상을 하면서. 나에게 초콜
릿을 쥐어주던 그 애에게도. 착한 아이와 매일 헤

어지는 서른일곱 살 남자에게도. 스물세 살에서 서른아홉이 된 여자에게도.

우체국에 가서 장편소설 응모작을 발송한 날은 장마의 한중간이었고 오후에 잠깐 비가 멎었다. 돌아오는 길에 초등학교 정문 앞에 서서 윤소은을 오래 기다렸다. 아파트 단지 안으로 같이 걸어오다가 나는 윤소은을 작은 소나무 가지 아래에 세웠다. 뾰족한 솔잎 끝마다 투명한 물방울들이 맺혀 있었다. 나는 가지 하나를 길게 잡아끌다가 간다, 간다, 하면서 튕기듯이 놓았다. 물방울들이 튀어 내리자 윤소은이 머리를 흔들며 강아지처럼 웃어댔다. 지나가던 윤소은 친구가 나두요, 나두요 하면서 가지 아래로 들어왔다. 나는 좀 더 힘을 주어서 잡아당기다가 간다, 진짜 간다……, 가지를 손에서 놓았다.

*

새로 빤 베개 커버에 뺨을 대고 엎드려서 오늘도 꿈을 꾼다. 내가 이해하지 못하는 꿈을. 꿈풀이와 맞지 않는 꿈을.

산을 넘고 강을 건너 나는 어떤 동네에 도착한다. 그 동네에서 살다가 그 동네의 풍경들을 갖게 된다. 하루에 하나씩, 어떤 풍경들은 지우고 어떤 풍경들은 버린다. 아니다. 나는 하나도 지우지 않고 하나도 버리지 않는다. 다른 이름으로 저장할 뿐이다.

같은 번호를 단 마을버스가 사거리에서 서로 만나는 풍경이 있다.

줄지어 선 아파트 동의 한 집에서 막 불이 켜지는 것을 보게 되는 순간이 있다.

근린공원 사거리에는 내가 어느 새벽에 아이를 낳던 건물이 있다.

아파트 후문 갓길에 노란 버스를 차례로 세우고 기사 둘이 부채질을 한다.

경찰서 정문 옆에는 작고 오래된 게시판이 서 있다.

쓰러졌던 적이 있는 사람이 기다란 산책로를 걷는다.

18층 어느 집 신발장 안쪽엔 검은색 장우산이

세워져 있다.

정오 무렵의 놀이터는 늘 텅 비고 모래 더미 한 쪽엔 어떤 아이가 두고 간 기차가 누워 있다.

양주톨게이트 너머로 해가 진다.

아이가 타고 있어요.

천도복숭아 한 바구니는 무조건 5천 원.

구청 앞길의 은행나무.

감자를 파먹는 못생긴 멧돼지.

휴대폰 메모장의 맛집 목록들.

내게 쓴 메일함.

숫자 '40'.

그리고 느티나무가 있다.

해마다 5월이 되면 내가 목이 아프도록 올려다 보던 나무다. 매일 열리는 엘리베이터를 타고 나는 매일 아파트 1층에 다다른다. 한낮 내내 비가 내리다가 그친다. 사방에서 습기를 머금은 바람이 불어온다. 쨍한 여름 해가 건물 사이로 내리꽂힌다. 1층 엘리베이터 문이 열리면 나는 잠시 정지한다. 어둡고 눅눅한 건물 안쪽에 서서 동 현관 유리문 밖, 비현실적일 정도로 눈부신 바깥을 바라본다. 나무 우듬지가 바람에 쓸리는 소리가 들린다. 무성한 잎들 사이로 햇빛이 흩어지고, 그 아래에 차 한 대가 서 있다. 6월의 어느 날 이후로 매일매일, 내 집 앞으로 와 나를 기다리다 돌아가는 차다. 엘리베이터에서 유리문까지 스무 걸음, 유리문에서 차가 서 있던 곳까진 스물한 걸음. 등 뒤에서 엘리베이터 문이 닫히면 나는 단지 소식이 붙은 게시판을 지나고 은색 우편함을 지나 유리문 밖으로 달려 나간다. 나를 극복하고 너에게 가는 길은 이렇게도 멀어서, 나는 여전히 매일매일 1층으로, 엘리베이터 밖으로, 유리문 너머로, 니가 나를 기다리던 곳으로, 힘을 다해 달려 나간다.

에우리디케의 노래

양윤의

1

에우리디케는 독사에 물려 죽었다. 오르페우스는 그녀를 찾아 주저하지 않고 하계로 내려갔다. 그는 노래로 하데스를 감동시켜 그녀를 지상으로 데려가도 좋다는 허락을 받는다. 햇빛이 닿기 전에 그녀를 보지 않아야 한다는 금기와 함께. 지상에 다다를 무렵 오르페우스는 뒤를 돌아보고 만다. 그 결과로 그는 그녀를 영원히 놓친다. 잘 알려진 이야기이다. 블랑쇼는 이 이야기를 일러 모든 노래의 기원에는 상실이 있음을 보여준다고 말했다. 오르페우스는 처음에 에우리디케를 잃고 나서 노래로 그녀를 다시 데려올 기회를 얻었다. 허나 노래가 완성되기 위해서는 그녀를 다시 잃어야만 한다. 그의 '돌아봄'은 그녀가 살아 있음을 확인하려는 행위이지만 실제로는 그녀가 죽었음—다시 하계로 돌아감—을 확인하는 행위였기 때문이다. 상실은 반복된다. 저 노래는 이 상실을 '돌아봄'이라는 형식 속에서 보존한다.

그러나 우리는 에우리디케의 입장에서는 이 이야기를 생각해보지 않았다. 영원히 잃어버려야 하는 대상으로서, 그런 한에서 에우리디케는 이중으로 구속되어 있다. 그녀는 한 번 죽었고 오르페우스의 돌아봄을 통해 한 번 더 죽는다. 일설에 의하면 그녀가 처음 죽음을 맞은 이유도 자신을 범하려는 아리스타이오스를 피해 달아나다가 뱀에게 물렸기 때문이라고 한다. 에우리디케는 최초의 죽음에서도 두 번째 죽음에서도 상실의 대상이 되었다. 아리스타이오스가 그녀를 잃었고 오르페우스가 다시 그녀를 잃었다. 오르페우스에 대해서는, 소중한 대상을 잃어버린 자의 내면에 관해서는 오랫동안 말해왔다. 이제 잃어버려진 자, 상실과 죽음과 망각에 든 자의 내면에 관해서 말할 차례이다. 아무것도 알려진 바 없는 자, 거듭 망실되어 겨우 '돌아봄'이라는 형식 속에서만 간신히 모습을 식별할 수 있는 자에 관해서. 소설의 주인공이 바로 그런 인물이다.

2

서술자 '나'(정수진)는 죽은 사람, 적어도 상징적으로는 죽음에 처한 사람이다. 겉보기에 '나'와 가족들에게는 아무 이상도 없다. '나'는 신도시 외곽에 살면서 어머니와 남편과 딸 하나를 둔 중산층 주부이고 선량한 경찰관과 애틋한 감정을 느끼고 있다. 그런데 이야기가 전개되면서 '나'의 생활이 극단적으로 정체되어 있다는 사실이 드러난다. '나'가 상징적인 죽음을 겪은 사람이라는 증거는 다음 세 가지다.

첫째, '나'가 사는 곳은 "경기도 경진시 은정동

해릉마을 10단지"이다. "20여 년 전 수도권 북부의 허허벌판 위에 세워진 신도시의 언저리"에 있는 곳으로 마을 이름에서 알 수 있듯이 무덤을 지닌 곳이다. 무덤을 음택陰宅이라 부르듯, 능은 죽은 사람의 집이다. 이 마을과 이어진 "야산 뒤쪽으로는 300여 년 전 어떤 왕의 동생과 계비와 다음 왕이 되지 못한 아들이 묻혀 있었다."(15-16쪽) 능과 인접해서만은 아니다. 뒤에 밝히겠지만, 이 능은 무서운 기억을 숨겨둔 죽음의 장소다. '나'는 필연적으로 이곳의 진실과 맞닥뜨리게 된다.

둘째, '나'는 이름뿐인 작가이다. 등단은 하였으나 작품을 발표할 수 없는 일종의 유령작가이다.

나는 이선우 경사가 나를 '작가님'이라고 부를 때마다 매번 놀랐다. 그것은 내가 등단 10년 만에 처음 들어보는 호칭이었다. 동네 사람 누구도 내가 글을 쓰는 줄 몰랐고 집안 식구 누구도 나를 글 쓰는 사람으로 여기지 않았다. 나도 나를 작가라고 생각하지 않았다. 나는 내 이름으로 된 책 한 권 없었고 이름 옆에 '소설'이라는 연관 검색어를 붙여도 포털 사이트에서 검색조차 되지 않았다. 아무런 작가 단체에도 가입돼 있지 않았고 단편소설을 매해 이런저런 문예지에 투고해도 한 번도 회신을 받아본 적이 없었다.

나는 10년째 병에 걸려 있었다. 청탁을 받지 못하는 등단 작가라는 저주에, 아무도 나를 알아주지 않는다는 울분에, 장편소설만 당선되면 이 모든 게 한 방에 해결될 수 있으리라는 희망 고문에, (18-19쪽)

그럼에도 '나'는 꾸준히 쓴다. 딸의 학교에서 봉사하는 시간, 공부방에서 아이들의 공부를 봐주는 짧은 시간을 빼고 '나'는 "노트북을 메고 소설을 쓰러 간다. 아무도 읽지 않는 소설을 쓰러 간다. 봄에는 '나머지 시간'을 확보하는 게 특별히 어렵기 때문에 틈만 나면 무서운 집중력으로 쓴다. 아무도 읽지 않지만 언젠간 읽힐 수도 있다는 희망을 버리지 못하고 쓴다. 고문당하며 쓴다."(27-28쪽) 글쓰기는 죽음에서 삶을 구원하는 유일한 방편이다. 죽은 자들은 망각(레테)을 받아

들인 자인데 글쓰기 행위는 망각을 거부하는 것
이기 때문이다. 그러나 한편으로 글이란 글쓴이
자신의 실존을 보장하지 않기 때문에 끝내 죽음
의 형식이 되고 만다. 모든 글은 결국 죽은 자들
의 기록이 될 것이기 때문이다. 바로 이러한 이중
성—글을 쓰는 자이지만 어떤 글도 읽히지 못한
자라는 이중성, 다시 말해 글쓰기의 가능성과 불
가능성—이 이름뿐인 작가, 죽어 있으나 그럼에
도 불구하고 쓰기를 멈추지 않는 작가라는 '나'의
정체성에 스며들어 있다.

　셋째, '나'의 세계가 상징적으로 죽었으므로
'나'가 살고 있는 세계의 사람들도 마찬가지로 죽
었다. 겉보기에는 건강해 보이지만, 알고 보면 상
징적으로 죽은 이들이다.

　윤소은의 친부 윤지욱. 그는 주위에서 좋은 남
편이자 좋은 아빠라는 평을 종종 듣는 사람이었
다. 그는 돈이 많이 드는 취미 생활에도 관심이
없었고 못 봐줄 만한 술버릇도 없었다. 같이 사는
가족들을 불편하게 하는 까칠함도 없었고 전전긍

긍함이나 의심도 없었다. 철두철미함도 없었고 결벽증도 없었다. 그에겐 없는 게 꽤 있었다. 그 중에 제일 없는 것은 성욕이었다. (35-36쪽)

예컨대 남편은 남들이 보기에 썩 괜찮은 이였 지만 결점이 없는 한편으로 성욕도 없었다. 성욕 이란 생산의 표지다. 생산과 재생산의 사이클이 마련되지 않으면 인간에게는 죽음밖에 남는 것이 없게 된다. 남편이 바로 그런 사람이었다. 남편만 이 아니다.

아파트 단지 사잇길 저쪽에서 한 남자가 걸어 온다. 늙은 것도 같고 아직 그렇게 많이 늙진 않 은 것도 같다. 그는 나보다 걸음이 느리다. 등에 는 노트북을 짊어지고 손에는 애호박과 두부와 바나나 따위가 잔뜩 든 쓰레기 종량제 봉투를 든 채 서둘러 걸어가고 있는 내 기동성의 반의반에 도 못 미친다. 사실 그는 인근 100미터 안에서 살 아 움직이는 것들 중에 가장 느리다. 갑자기 내달 리는 서너 살 꼬마 애들이나 큰 목소리로 웃으며

지나가는 젊은 엄마들, 노란 개나리 아래를 뛰어
가는 개들이나 벚꽃잎 사이를 날아다니는 벌들도
저 남자보다는 빠르다. 남자는 지팡이를 짚고, 마
음대로 움직여지지 않는 거구의 몸을 끌면서, 이
봄날 이 길에서 오직 자신만이 마음껏 움직일 수
없다는 걸 충분히 인지하고 있는 표정으로 걷고
있다. 남자는 어느 때인가 뇌졸중이나 뇌경색 같
은 증상으로 쓰러졌을 것이고 지난 몇 년간 혼자
서는 아무것도 못 했을 것이다.

나는 일주일에 두어 번은 마주치게 되는 그 남
자를 지나쳐 아파트 단지 안으로 접어든다. 동 사
이의 작은 산책로에 한 여자가 서 있다. 늙은 것
도 같고 아직 그렇게 많이 늙진 않은 것도 같다.

(36-37쪽)

상징적인 죽음이란 실제의 죽음과 실제의 삶
사이에 놓인 죽음, 이를테면 사회적인 죽음을 말
한다. 말하자면 그것은 그 자신이 죽었다는 사실
을 모르고 있는 자의 삶, 살아 있는 죽음 내지 죽
은 삶의 상태이다. "늙은 것도 같고 아직 그렇게

많이 늙진 않은 것도 같"은 저 사람들은 사회적인
삶은 잃었으나 죽음을 맞지는 않은, 산 죽음의 상
태에 있는 이들이다. 이들만이 아니다.

몇 주 전부터 비슷한 시간대에 공원에 나오는
남자가 있었다. 그는 항상 유치원생으로 보이는
딸아이를 데리고 나왔다. 아이를 그네에 태운 뒤
남자는 한참 떨어진 벤치에 가서 전화 통화를 했
다. 어떤 날은 세상이 끝난 것 같은 표정이었고
어떤 날은 주둥이에 꿀을 바른 것 같은 표정이었
다. 내연녀가 확실했다. 남자는 요즘 내부 세차에
신경을 쓰고 블랙박스 영상과 카카오톡 메시지를
정기적으로 지울 것이다. 직장 동료일까? 초등학
교 동창일까? 동호회 회원일까? (19쪽)

딸과 아내를 두고 놀이터에 나와서 내연녀와
통화하는 저 남자도 일종의 연옥, 다시 말해 살지
도 죽지도 않은 상태에 처해 있다. 자신의 진정한
삶을 전화기 너머에 두고 몸만 놀이터에 두고 있
기 때문이다. 그런데 '나'의 짐작은 사실일까? 모

든 이들이 통속의 지옥에 갇혀 있다고 보는 '나'
의 시선이야말로 하계下界에 몸을 둔 자의 시선
아닌가? 어느 쪽이든, 살아 있음이라는 의미에서
의 삶은 거기에서 발견할 수 없을 것이다.

3

　'나'가 처한 하계로 찾아온 한 남자가 있다. 오
르페우스처럼. '나'가 작품 취재를 위해 만난 이선
우라는 경찰관이다. 그의 등장으로 '나'의 삶에는
미묘한 변화가 찾아온다. 처음에는 대민 지원의
일환으로 '나'를 응대했던 선우에게는 몸에 밴 친
절함과 성실함이 있었고 차츰 둘은 서로에게 끌
리는 것을 느낀다. 기혼 여성과 경찰관의 만남이
라는 통속적인 접점이 중요한 게 아니다. 둘의 만
남이 서로에게 특별했던 이유는 다른 데 있다. 우
선 선우는 '나'를 꼬박꼬박 '작가님'이라고 부른
다.

이선우 경사는 마무리 인사로 이런 말을 했다. '좋은 하루 보내세요, 작가님.' 어떤 날은 이렇게 보냈다. '그럼 오늘도 좋은 글 쓰세요, 작가님.'

(18쪽)

'작가님'. 글을 위해 만난 것이고 작가라고 신분을 밝힌 것이니 이상할 것이 없는 호칭이지만, 지난 10년 간 어느 누구도 '나'를 작가라고 부르지 않았음을 상기할 필요가 있다. '나'에게 작가로서의 삶은 '죽은 삶'이었다. 먼 데서 찾아와 '나'를 '작가'라고 호명한 그가 '나'의 구원자가 된 것은 자연스러운 결과가 아닐 수 없다.

그런데 둘의 관계는 통상의 관계와는 다르게, 역전되어 있다. 선우는 주로 취조를 하는 경찰관이지만 둘 사이에서는 취재를 당하는 입장이다. 이것이 이 소설의 중요한 지점이다. 신화에서의 에우리디케가 오르페우스의 하강(下降, 지하세계 방문)을 수동적으로 기다려야 하는 입장이라면, 이 소설에서 '나'는 그를 방문하고 그의 '돌아봄'을 거절할 수 있는 위치에 있다. "나는 이선우의 스쳐 가는 표정 속에서 그에게 연락을 하는 것도 연락을 하지 않는 것도 모두 내 손에 달려 있다는 걸 알게 되었다. 작가는 경찰관한테 물을 게 많지만 경찰관은 작가한테 물을 게 없으니까. 경찰관이 작가한테 먼저 연락하는 건—작가가 죄를 짓지 않는 이상— 얼마나 이상한 일인가. 갑자기 나타나 질문을 들이미는 것도 며칠 동안 아무 연락을 하지 않는 것도 모두 이선우가 아닌 내가 할 수 있는 것들이었다."(47-48쪽) 행동의 주인, 이야기의 주동자主動者는 오르페우스-이선우가 아니라, 이제 에우리디케-정수진이다. 선우를 향한 격정을 어쩌지 못하게 된 어느 날, '나'는 돌연 그의 연락을 차단해버린다.

순찰차가 지나간다. 똑같은 유니폼을 입은 사람들 서넛이 길을 건너고, 만 원짜리 지폐 다발을 들고 신문 구독을 권유하는 사람 옆에, 회양목 화단 앞에, 누군가가 서 있는 것이 보인다. 이선우다. 이선우가 서서 나를 올려다보고 있다. 통나무처럼 서서 나를 보고 있다. 밥을 이틀쯤 굶은 것 같은 표정으로. 불면과 원망이 뒤범벅된 얼굴로.

나는 이선우를 똑바로 내려다보면서 천천히, 블라인드의 끈으로 손을 가져간다. 이선우가 선 채로 메시지를 보낸다. '블라인드 내리지 마요.' 하지만 나는 눈앞에 있는 이선우를 못 견디겠어서, 못 참겠어서, 블라인드를 내린다. 완전히 내려버린다. (114-115쪽)

이 장면은 오르페우스 신화의 완벽한 반전이다. 오르페우스가 내려다본다면 그는 올려다보아야 하고, 오르페우스가 돌아봄을 통해서 에우리디케를 놓친다면 이번에는 '나'가 내려다보는 시선을 차단함으로써 그를 추방해버린다. 오르페우스의 노래는 그녀를 '상실'함으로써 완성되지만 '나'의 소설은 그를 '상실'함으로써 새롭게 쓰일 것이다.

4

이제 하강의 이야기를 다룰 차례다. '나'가 사는 곳이 '능'과 인접한 곳임을 앞에서 지적했는데 이것은 단순히 지리적인 상징만이 아니다. 거기에는 무서운 비밀이 숨겨져 있다. 발설할 수 없으나 누구나 아는, 망각하고 있으나 결코 소거되지는 않는 비밀이다. 우리는 이를 트라우마라고 부른다.

아이가 유치원에 들어간 다섯 살 때였다. 처음으로 가는 소풍이었다. 코코몽 도시락에 꼬마 김밥을 싸서 아이를 유치원 버스에 태워 보냈다. 경진시의 많은 교육기관에서 그러는 대로 아이의 유치원에서 소풍을 간 곳은 능이었다.

소풍을 다녀온 그날 오후 유치원 담임이 전화를 걸어왔다. 아이가 능에 들어서서부터 내내 울었다고 했다. 그냥 운 것도 아니고 바들바들 떨면서 울었다고 했다. 벌도 나무도 흙도 다 무섭다며 울음을 그치지 않아서 소풍 내내 부담임이 안고

있었다고 했다. (중략)

그날 저녁 아이는 거실에 앉아서 무언가를 그리고는 주방으로 걸어와 나에게 내밀었다. 나는 아이의 그림을 보고 한동안 움직일 수 없었다. 스케치북엔 형체를 알기 힘든 검은 선들이 가득했다. 아이가 스케치북 한 면을 검은 물감으로 채운 건 그때가 처음이자 마지막이었다. 굳어가는 내 얼굴을 올려다보며 아이가 말했다.

"엄마. 이게 오늘 갔던 숲이야. 늑대가 가득해."

(55-58쪽)

저 "형체를 알기 힘든 검은 선들", 숲에 가득한 "늑대들"은 현실에서는 결코 모습을 드러낼 수 없는, 드러낼 리 없는, 드러내서는 안 되는 망각 너머의 형체다. 소설에서는 끝내 그 정체가 드러나지 않지만 우리는 그것이 아이가 겪었던 알 수 없는 무서운 체험이었음을 안다. 아이는 그것을 자기가 아는 유일한 표상(검은 선들로 이루어진 늑대)으로 바꾸었을 것이다.

능과 이어진 그 숲은 '나'의 아버지가 목을 맨

여고 뒷산과도 이어지며 '나'의 어머니의 외도와
도 이어진다. '나'가 스물세 살 교생 실습 중일 때
한 여자가 술에 취한 채 '나'를 찾아와 어머니의
외도를 알렸다.

"너 그거 아니?" 그렇게 물은 뒤 여자가 마침내
말했다. 내 엄마가 그 남자와 섞는 사이라고. '그
걸' '섞는' 사이라고 했다. (102쪽)

그 여자는 '나'의 어머니에게 고통을 주기 위해
'나'를 찾아와 어머니의 부정을 폭로했다. 상처를
주기 위한 이 비열한 의도는 오래도록 효과를 발
휘했다. "여자가 알지 모르겠지만 여자의 말은 결
과적으로 상당한 효과를 거두었다. 여자는 없어
졌어도 여자의 말은 생생하게 살아 지금도 나를
찌르고 있으니까. 나를 거쳐 엄마를 찌르고 있으
니까."(103쪽) 어머니의 '외도'는 내가 목격할 수
없는 원 장면과 같은 것이다. 어머니의 출산(어
머니가 '나'를 출산하는 장면)을 내가 볼 수 없는
것과 마찬가지로, 어머니의 성교(어머니가 '나'를

갖는 장면)도 '나'는 볼 수 없다. 그 장면이 '섞는다'는 표현과 함께 '나'에게 왔을 때, 그것은 볼 수 없으나 주어진 장면, 기억할 수 없으나 지울 수도 없는 장면으로 '나'에게 기록된다. 그 결과는 이런 것이다.

하지만 내가 정말로 역겨워하는 단어는 따로 있다. 나는 1만 매가 넘는 소설을 쓴다 해도 '섞다'라는 동사를 단 한 번도 쓰지 않을 것이다. 나는 '섞다'라는 말이 역겹다. (86쪽)

이 말을 그대로 믿는다면 '나'는 '섞다'라는 말을 소설에 쓰지 못할 것이고, 따라서 어머니의 외도를 기술할 단어를 찾지 못할 것이다. 그러나 '쓰다'의 방법론은 역설적이어서 그것을 '쓰지 못한다'는 부정이거나 '쓰지 않으리라'는 결심만으로 이미 '나'는 이 말을 쓴다. '나'는 '섞다'라는 말을 이미 (소설에) 썼으며,* 그 말이 '역겹다'고도 썼다.

나는 웃고 싶어진다. 테이블이 부서지도록 웃
고 싶어진다. 답가로 내 엄마 외도 얘기를 한다.
다른 말은 하지 않는다. 한마디만 한다. ×××고.
나는 내 엄마가 ××워.

그 말을 하자마자 나는 깨닫는다. 지난 16년 동
안 내가 그 말을 얼마나 하고 싶었었는지. 소나무
숲에 들어가 땅에 구멍을 파고 얼마나 외치고 싶
었었는지 그 말을! (106-107쪽)

처음 함께 술을 마신 날 선우는 자기 어머니의
외도 얘기를 꺼낸다. '나'도 답으로 어머니의 외도
를 이야기했다. 그러나 '나'는 그 말을 발설하고도
기록하지 못한다. 그런데 ×로 삭제된 저 말은 이
미 기록되었으되 발설할 수 없을 뿐이거나, 이미
발설되었으되 기록할 수 없을 뿐이다. 이것을 트
라우마의 기술론이라 부를 수도 있겠다. 딸아이

---

* 이 소설의 '나'(정수진)가 작가라는 사실을 기억하자. '나'의 모든
말들은 기록되는 순간 소설이 된다. 그리고 이 기록은 소설을 쓰는
바깥의 '나'(실제의 작가)의 노트에도 기록된다. 『어제는 봄』은 이중
장부로 된 소설이다.

가 그린 검은 선처럼, 글자 수에 맞추어 정확하게
놓여 있는 저 X들처럼.

5

오르페우스가 끝내 하계 깊은 곳에 내려오듯
선우는 '나'의 깊은 곳까지 도달한다. '나'는 딸과
함께 소풍을 간 숲, 딸이 늑대와 맞닥뜨린 그 숲
에서 다시 "검은 형체"와 맞닥뜨린다.

검은 형체가 거칠게 숨을 뿜는다. 나는 고개를
돌려 그것을 본다. 늑대가 아니다. 돼지다. 검은
형체가 멧돼지라는 걸 알아차린 순간 나는 내 앞
에 나타난 사람이 이선우가 맞다는 것을 받아들
인다. 처음 본 그날처럼 청록색 근무복 셔츠를 입
고 있다. 이제는 반팔로 바뀐 셔츠가 땀으로 다
젖어 있다. 이것은 꿈이 아니다. 아닐 것이다. 멧
돼지가 땅에 코를 박고 점점 내 쪽으로 이동한다.
내 딸이 계속 운다. 뺨에 총을 밀착시킨 채 다가

오던 이선우의 눈빛이 흔들린다. 나라는 걸 알아
본 것이다. 은정초등학교의 한 학부모가 아니라
나, 정수진이라는 걸 알아본 것이다. 나는 숨을
쉴 수가 없을 것 같다. 이제 너는 나를 쏘겠지. 사
격마스터니까 아주 명중을 시키겠지. 확인사살은
필요도 없을 거야. 나는 비틀거리며 이선우 쪽으
로 한 발을 뗀다. 멧돼지의 기척이 달라진다. 땀
이 눈을 찌른 순간 이선우의 총구에서 마취탄이
날아온다. 멧돼지와 나는 동시에 흔들린다. 이선
우가 더 다가온다. 다시 한 발. 이선우가 더 가까
이 온다. 또 한 발. (146~147쪽)

숲으로 체험학습을 간 날, '나'는 멧돼지를 만
나고 마침 그곳에 있던 선우가 총으로 멧돼지를
잡는다. 딸과 '나'의 기억 속 '검은 형체'가 마침
내 모습을 드러냈고 선우가 그것을 잡은 것이다.
그런데 '나'는 그의 기척을 느끼며 그가 멧돼지가
아닌 자신을 쏠 것이라고 직감한다. '나'가 결별을
선언해서가 아니다. 멧돼지를 잡는 행동(기억 속
트라우마를 구제하는 일)이 바로 '나'를 잡는 행

동(자신의 어두운 기억과 대면하고 극복하는 일)
이었기 때문이다. 그런데 전자가 후자이기에, 후
자는 전자이기도 하다. 트라우마를 대면하고 그
것을 이겨내는 일은 새로운 트라우마를 만드는
일이기도 한 것이다.

　"그리고…… 사람이 죄 좀 짓고 살면 어때요."
　나는 우리 동네 어떤 경찰관을 가진다. 죄 좀 짓
고 살면 어떠냐고 말하는 경찰관을 가진다. (85쪽)

　아이의 (무의식적 공포 혹은) 상처, 아버지의
죽음, 어머니의 외도라는 어두운 형체와 대면하
고 그것을 극복한 후에, '나'가 열어갈 길은, 어쩌
면 또 다른 죄를 짓고 사는 일일 수도 있겠다. 하
지만 적어도 '나'는 수동적으로 구원을 기다리지
는 않을 것이다. 마지막 장면의 '열린 결말' 역시
그 점을 보여주는 것이다. '나'는 돌아봄의 대상이
되는 것을 거부하고 돌아보는 자(결별을 선언한
후에 다시 만남을 속개하는 자)가 되었다. 그로써
'나'는 상실의 대상이 되는 것을 거부하고 상실한

자가 되었다. 이제 우리는 하염없이 기다리는 그녀가 아니라, 스스로 찾아 나서는 '나'를 만나게 되었다.

나를 극복하고 너에게 가는 길은 이렇게도 멀어서, 나는 여전히 매일매일 1층으로, 엘리베이터 밖으로, 유리문 너머로, 니가 나를 기다리던 곳으로, 힘을 다해 달려 나간다. (153쪽)

이제, 우리는 에우리디케의 노래를 갖게 되었다.